U0549726

# Gaea

Gaea

# Gaea

# Gaea

特殊傳說 II
恆遠之書篇 06
護玄——著

# 特殊傳說 II

恒遠之畫篇 06

目錄

# 特殊傳說 II

THE UNIQUE LEGEND

恆遠之書篇

## 登場人物介紹

### *Atlantis* 學院

姓名：褚冥漾（漾漾）
年級/班別：高中二年級/C部
性別：男
袍級/種族：無/人類（妖師）
個性：非常普通的男高中生，個性有點怯懦，不太敢與人互動。

姓名：冰炎（學長）
性別：男
袍級/種族：黑袍/燄之谷與冰牙族後裔
個性：脾氣暴躁、眼神銳利。不過是標準刀子口豆腐心的好人～
目前狀況：甦醒歸隊

姓名：米可蕥（喵喵）
年級/班別：高中二年級/C部
性別：女
袍級/種族：藍袍/鳳凰族
個性：個性爽朗、不拘小節，喜歡熱鬧。非常喜歡冰炎學長！

姓名：雪野千冬歲
年級/班別：高中二年級/C部
性別：男
袍級/種族：紅袍/？
個性：有點自傲，知識豐富像座小型圖書館；討厭流氓！兄控!?

# 登場人物介紹

## *Atlantis* 學院

姓名：西瑞．羅耶伊亞（五色雞頭）
年級／班別：高中二年級／C部
性別：男
袍級／種族：無／獸王族
個性：個性爽朗、自我中心。出身於暗殺家族，打扮像台客。

姓名：萊恩．史凱爾
年級／班別：高中二年級／C部
性別：男
袍級／種族：白袍／人類
個性：個性隨意，存在感低、經常超自然消失在人前，執著於飯糰！

姓名：藥師寺夏碎
性別：男
袍級／種族：紫袍／人類
個性：個性淡泊，不喜過多交談，是個溫柔的好哥哥。
目前狀況：從醫療班逃跑中

姓名：席雷．阿斯利安（阿利）
年級：大學一年級
性別：男
袍級／種族：紫袍／狩人
個性：友善隨和，善於引領他人。

姓名：靈芝草（好補學弟）
年級／班別：高中一年級／C部
性別：男
種族：人參
個性：初入世界，所以很容易受到驚嚇，但是在奇怪的地方也有小聰明。

姓名：哈維恩
年級／班別：聯研部　第二年
種族：夜妖精
個性：種族自帶暗黑的陰險反骨天性，但對於認定的事物相當忠誠、負責。平日也很認真在學習上。

# 登場人物介紹

## 其他

姓名：式青（色馬）
性別：男
種族：傳說中的幻獸．獨角獸
特色：能化為獸形或是人形
個性：只要美人希望我怎樣我就怎樣～

姓名：休狄．辛德森（摔倒王子）
種族身分：奇歐妖精族的王子
性別：男
袍級：黑袍
個性：看重血脈、家族、榮譽，厭惡隨便打交道。

姓名：九瀾．羅耶伊亞（黑色仙人掌）
身分：醫療班，鳳凰族首領左右手
性別：男
袍級：黑袍、藍袍（雙袍級）
個性：科科科科科……

姓名：黑山君
身分：時間之流與冥府交際處的主人
種族：不明
個性：不太有情緒起伏，性格相當謹慎細膩，偶爾會很正經地捉弄訪客。
特別說明：喜歡好吃的東西。

姓名：白川主
身分：時間之流與冥府交際處的主人
種族：不明
個性：看似大而化之、易相處，但心中自有衡量，很多事情都看在心中。
特別說明：喜歡會飛的東西，例如白蟻（？）

姓名：褚冥玥
身分：大二生，漾漾的姊姊
性別：女
袍級/種族：紫袍/人類（妖師）
個性：直率強硬，很有個性的冷冽美女。異性緣爆好！

# 登場人物介紹

## 其他

姓名：重柳族
身分：？
種族：時族
個性：非常正經認真、死守種族任務，但思考並不僵化、能溝通。

姓名：安地爾
身分：耶呂鬼王高手
種族：似乎是鬼族（？）
個性：四分的無聊、四分的純粹惡意、一分的塵封友情、零點五的善意、零點三的不明狀態、零點一的退休狀態、零點一的觀光。
特別說明：最近都在泡咖啡。

# 第一話　被覆蓋的歷史

獄界，近乎化外之地的黑暗世界。

與妖靈界比較不同的是，獄界原先大多是被世界放逐的扭曲黑暗種族，或是各種擁有邪惡因子、想要反動世界的存在，與被封印到世界盡頭、可能會動搖歷史的某些東西，簡單地說它原先眞的就是「獄」界，專門用來懲罰、關押某些不定時炸彈的地方。

但不知道什麼時候開始，這個獄界的鬼族數量越來越多，直到侵佔了大半個「獄」，成爲裡頭的居民，還擁有各自的領地，爲了搶奪資源與力量相互交戰、吞食。

而妖靈界據說都是渾然天成的特異種族，雖然不全然是邪惡，但因爲充滿怪異，所以被尋常的世界種族敬而遠之，然而傷害性並沒有那麼大，還可以講道理。

對，沒錯，現在我們就走在不能講道理的獄界當中。

這是在我乖乖跟著大團走了五分鐘之後才得知的震驚消息。

「所以這裡是鬼族大本營？」我看著還存有一點良心、正在爲我講解的夏碎學長，覺得人生不管哪種道路都越來越偏了。

不、不對，這些人傷的傷、弱的弱，爲什麼要突然衝到這種地方來？如果沒有搞錯，他們現在應該去的地方根本是靜養中心，難道這裡有嗎！

我看著在前面帶路的奇異女性，其實我已經很確定她應該就是鬼族沒錯了，但是在場完全沒有人挑明說，我當然也不敢說什麼。

「是的，正確地說，我們正走在通往鬼王住所的路途上。」夏碎學長以很平常的態度告訴我：「別擔心，這裡並不會有害。」

……

走在獄界然後說無害嗎？

不過這麼說起來是沒錯，雖然是鬼族地盤，但一路走過來居然沒什麼毒素惡咒之類的，連個跳出來的邪惡意念襲擊或喊話都沒有，就黑暗地域來說，眞的非常乾淨。我走在學院裡反而還比較危險呢，常常有人跳出來想驅逐我，接著幾發術法或是武器甩過來，相較之下，眼前……嗯，確實無害。

「雖然黑暗同盟在隱歷史上活動頻繁，更滲透了各種黑色組織，但近年來動作比往常更多，特別是最近。」女性——蘿西芙希像是報告般對學長說道：「或許是足以影響世界的黑色種族接二連三地曝光，黑暗同盟正在加快推進速度，並妄想併呑檯面上所有的黑色勢力。目前獄界中已經有不少力量向其靠攏，除了耶呂惡鬼王先前襲擊學院所組織起來的部分邪鬼，他們也正在聯合其餘四大鬼王。景羅天似乎因爲某些因素，已證實昨日正式拒絕，目前與我方一樣，與黑暗同盟的軍隊頻起衝突，在其領域有小規模的戰爭；而比申態度曖昧不明，搖擺不定，還無法得知意向……若加入與狼族的恩怨，或許會同意聯手。」

「不，她一定會出手。」學長很直接地這麼回答對方，「『我』的繼承時間到了，她不會放過這次機會，雖然規避了千年的時間，讓她在那段時間中無法翻出風浪，但現在從母親那裡繼承到的事物會隨著這次成年有初步甦醒……嘖，麻煩。」

繼承的？

我盯著學長的後腦勺，思考了下他所謂的繼承，該不會又要朝史前巨獸更進一步了吧？

「不過，小殿下您此次復甦似乎相當順利，比我王所預計的時間還要快，來不及爲您慶賀，希望您能見諒。」蘿西芙希在我一頭霧水時，突然又說了讓我更一頭霧水的話，而且周邊的其他人沒什麼反應，似乎不覺得「鬼族稱呼學長小殿下」這句子哪裡奇怪。

很奇怪啊！

都不覺得哪裡有問題嗎？

我看了看夏碎學長，又看了看賽塔，他們真的很鎮定，非常鎮定，讓我開始覺得剛剛是不是我聽錯……可能是我不熟通用語，雖然我是這麼想的，但是他們其實也不是用通用語在聊天！而是我沒聽過、但莫名自動轉換了我能聽懂的神祕語言在說話啊！

到底是誰這麼貼心還幫我同步翻譯？

「啊啊，我沒想到蝶城會出手，我以爲他們不會特意攪和進來。」學長若有所思地說道：「使者還是巳隱，有點意外，普通的事不會引出他。」

「這讓我特地爲大家準備的指引沒起太大的作用呢。」賽塔微笑地開口，閒聊一般地說：「交換歷史代價後，曾經參與過一切的我們雖然有著主神的庇護，然而無法親手將你帶回，只能依靠外力與時間推動。伊多維亞城的善意令許多危險遠離此次行程，精靈弟兄們的援手相當及時，避免了不必要的曝光。」

曝光到底？

「簡單地說就和你一樣，你們一族會有重要事物沉睡在血脈之中等待甦醒，我們也會。」學長的聲音從前面丟過來，有點懶散，「成年是初次解開，接著會隨著時間開始增多，而後完整繼承。」

喔，猛獸完全體。

「冰炎比較例外，他有兩次成年，所謂的重大繼承會有兩次。」夏碎學長補上這句。

嗯，完全體狂暴化。

「這也就意味著，經過這兩次的繼承，小殿下的力量會有大幅度增長，成爲能夠使用眞正力量的精靈與獸王族；這種成長勢必會嚴重危害到某些野心分子對良善生命的侵蝕，邪惡勢力必須在這兩次機會中儘可能地將威脅拔除。」說得好像自己不是邪惡勢力的蘿西芙希加入了這個話題，原本冰冷艷麗的面孔浮起一抹淡淡的微笑，帶著些溫度，與她的身分很不相符。「否則小殿下遲早有一天會成爲他們最懼怕的存在，甚至是毀滅者。」

「還很久呢……」走在前面的學長咕噥了句。

「是啊，也要你活得到那時候才行。」

打斷我們輕鬆交談的，是聽起來讓人非常不快的陰沉聲音，帶著毫不遮掩的惡意，如同混合大量死亡生物的泥沼般的腐朽臭氣在我們周邊蔓延開來，就算有結界保護，仍隱約可以感覺到那種難忍的惡臭。

女子原本難得溫柔的神情立刻染上陰狠的肅殺之氣，迅雷不及掩耳地揮出不知從哪裡拔出來的長刀同時，四周地面已打開深沉的黑暗陣法，全都帶著可怕的殺戮之氣與濃重邪惡的血腥味。黑紅色的刀尖點地時，覆蓋在我們上方的防禦性術法彈開平空往我們砸下來的大量石塊，那些石塊又黑又尖，每個都有半間教室那麼大，如果正面撞上絕對會被砸成肉醬。

轟隆隆的巨響掩蓋周圍所有聲音，雖然有結界，但我還是反射性摀住耳朵，那種聲響實在讓人很不舒服，裡面還混雜一絲奇怪、像動物死亡前的淒慘嚎叫聲。

約莫兩、三秒後，周圍石塊瞬間化散成粉末被颶風清空，很快地我們就看見飄浮圍繞在四周的人，一共七名，全都穿著黑色斗篷，與我之前看過的黑暗同盟黑術士打扮完全相同。

該說不愧是在獄界嗎，這開頭來打招呼的數量還眞不少。

不過話說回來，既然現在是在獄界，那麼出現什麼都不會被白色種族特別注意了吧。

我輕輕按上手環，正想喚出米納斯時，周圍再度掀起另一種炙熱的黑色氣息，察覺到力量感時，那些黑術士顯然有些忌憚。

如同地獄火般的黑紅色火焰從地上擴展而出，蔓延成一片火海時，我們前方出現同樣色系的高大背影，火紅色長髮在熱氣中張揚飛舞著。

「你以為你能對付得了我們這些裂川王分享生命的黑術士嗎。」帶著邪惡又冰冷的詭笑聲，七名黑術士完全不將來人放在眼中，肆意地繼續嘲弄：「不過就是——」

話還沒說完，火焰像被扭轉似地變形成怪異的形狀，接著迅速在來襲的所有黑術士腳下燒起，直接打斷他們的嘲弄聲，連其他嚎叫也一併終止。

「不過就是鼠輩，燒光你們的舌頭和聲帶，以免小殿下聽了污耳。」

站在我們前方的男人將抬起的手掌握成拳，黑色邪火眨眼把所有黑術士燒成灰燼，讓人難以想像那是很難對抗的不死邪惡。然後，他轉過身，熟悉冰冷的面孔變得較爲柔和些，就這樣對著學長行了個禮，並開口：「看見你的安好，比起什麼都讓人高興。」

學長也回了禮。

「萊斯利亞，好久不見。」

※

「看來這兒不是適合敘舊的地方。」

蘿西芙希盯著幾名黑術士消失的位置，有些不耐地哼了聲。「他們沒死透呢。」

其實我也感覺那些邪惡沒有消失，還有殘餘，而且又開始慢慢增加了。這就麻煩了，這種地方肯定找不到精靈術士和時間種……欸，不對，看來是找得到。

我無言地看著賽塔，可以發現精靈身上的白色力量開始湧現。

「這裡不勞客人動用力量。」萊斯利亞抽出身後的長刀，「如果連我王的客人都必須出手，那麼可不是失職兩字能簡單帶過，請你們放鬆心情，不用在意。」

黑色的邪惡力量重新祟動重組的同時，那些看起來氣瘋的黑術士再也沒有吐出半個字，像瘋狗般從四面八方撲出來各種攻擊。

連一步都沒有移動，萊斯利亞只是揮動了長刀，刀鋒捲起火焰，輕輕鬆鬆揮出獠牙般的烈焰火舌，往四方飛射的火焰就像擁有生命力，在空中形成鷹一樣的形狀，速度極快地衝出，眨眼各自穿過散開在四周的黑術士們。

被貫穿的黑術士這次是真的連聲音都來不及發出，就這麼再次化成灰，徹徹底底連一點力量都不存在了。

「不過就是耍聰明的速成之輩，連點威脅都沒有。」將長刀甩回身後，萊斯利亞回過頭，踏進蘿西芙希正在解開的結界空間。

說起來，萊斯利亞我記得是四大鬼王……殊那律恩的手下？所以我們現在踏著的是殊那律恩的領地，而且朝向他的住所前進？

我吞了吞口水，感覺頭皮有點麻麻，但是某方面來說，我也稍微放心下來了。

過往幾次接觸中，四大鬼王裡似乎殊那律恩對我們這邊比較友善，應該是說對學長很友善，兩、三次都是因爲學長而派出手下解圍。現在學長才剛回來又拖著才恢復的身體往這邊跑來，連賽塔都跟著，這種關係眞的就不太尋常了。

所以他們究竟是什麼關係？

「驚動將軍了。」蘿西芙希退開幾步，讓萊斯利亞直接走到學長身邊。

「無妨，反正也正好回來。」萊斯利亞說著，往我這邊看了一眼，「許久不見，看來你進步了不少。」

「呃，好久不見，你好。」我連忙鞠躬打招呼，還眞沒想到他竟然特地跟我這雜魚打招呼，我正想滾到一邊當個小透明路人甲的說。

「……看來你也開始明白力量變動的影響。」

我愣了一下，正想問萊斯利亞是什麼意思時，他已經移開視線，自顧自地和學長低聲交談了起來，而且還是我怎樣都無法聽懂的語言，這次就沒人貼心幫我自動翻譯了。估計是暫時沒辦法繼續攀談，我也就只好放寬心跟著大團走，繼續打量起四周的風景。

走了一段路之後，路邊開始出現像是黑水晶一樣的柱狀物體，雖然說是黑，但卻莫名黑得很透明，巨大的黑色水晶柱仔細凝視還可以看見另一邊的景象。這種黑水晶也被拿來鋪地面，整個地板變成了大量切割整齊的黑色透明地磚，兩側零零落落地逐漸出現小型建築物，與說不出名稱的詭異樹木。

那些建築物大多是用類似的玉石材質建造，雖然整體看起來有些恐怖詭異，但卻有著微妙的美感，到處都妝點了暗色系的怪異花草，讓那些奇妙的美感更上一層。而且有點說不上來，我總覺得好像在哪裡也看過類似這樣的建築群，只是沒有這麼黑暗。

……

……

啊，這樣說起來，看著很像冰牙精靈外圍的建築物，就是比較類似其他種族擁有的那些，有點像是妖精或獸王族那種，貌似有一些他族成分混合在裡面，所以看起來有些眼熟，總的來說，就是各種種族的風格都有一點，很混搭。

街道上與建築中陸續看到一些人，應該說鬼族，零星鬼族正在往我們這邊探頭，帶著點好奇，而不是張著利齒像鱷魚一樣撲過來。這反應與我之前遇過的鬼族完全不同，感覺他們好像不是鬼族，只是一般居民，先前我還覺得鬼族應該是住在什麼濃稠的渾沌黑暗當中，每天都在邪惡泥沼打滾，沒想到會有這麼正常生活的一面。

仔細想想，某個可惡的鬼族也是動不動就在那邊說喝咖啡就是了。

「這裡是不動武居民區，若是你有興趣能在這邊走走，不會有危險。」蘿西芙希注意到我的視線，說道。

「不動武？」鬼族不是天性喜歡破壞嗎？居然還有不動武的？

像是看透了我的想法，蘿西芙希露出冰冷的笑容，不是嘲諷那種，而是她的笑容眞的自帶冰冷，「即使轉變爲鬼族，這裡有許多人原先其實只是普通的白色種族，甚至一點力量也沒有。不幸遭遇污染，或是因爲戰爭，抑或是被邪惡詛咒纏身，逼得良善之人不得不離開世界，尋找庇護之處，渡過這不知何時才會結束的黑暗生命，這便是那樣的地方。」

聽著她的話，我腦袋裡浮現了當時被陰影扭曲的紫袍艾麗娜，如果她能保有自己的意識，我想她也會遠遠離開所有人。

一直以來，我看見的都是鬼族破壞的天性與邪惡的一面，就連轉變成鬼族的存在也無一例外，蘿西芙希的說法讓我感覺到有點驚訝，但卻沒有過於吃驚。

再次往那些整齊排列的屋子看過去，一名約莫八、九歲的小女孩靠在黑色門扉後看著我們，蒼白如紙的小臉上有黑色的火焰紋路，她就這樣帶著森冷的目光，緩慢地消失在門內陰影當中。

「派翠絲三年前來到這裡，她原屬雷之妖精一族，當時雷之妖精正在進行一處鬼族據點剿滅，因此遭到報復，鄰近蝶城附近的小村莊遭到襲擊，全村被黑暗血洗，派翠絲是唯一倖存的活口，但已經扭曲，所以蝶城與雷之妖精將她送至此處，由我王庇護。」蘿西芙希看著關上的門，說道：「雖然你的認知中，白色種族會將遭到扭曲的生命進行抹煞，讓他們能保全純淨的靈魂進入安息之地，重新沉睡；然而也有來不及挽救的靈魂，就算是抹煞也無法救回，有些就會被送至此處靜靜地退出世界。」

類似某種收容所嗎？

這殊那律恩鬼王的行爲眞的很不像鬼族，還是一個應該是要帶頭做壞事破壞世界的鬼王。正常的鬼王不是應該帶著這些鬼族直接去攻佔世界，然後嘲笑白色生命之類的嗎，他居然還特地設置了和平的鬼族小村莊，某方面來說，這在邪惡世界裡眞的很奇特，還是「獄」這樣的地方。

「而且在這裡也不會被時間種族或白色種族追殺。」走在前面的學長補上這句。

「是的，獄界是邪惡的世界，同樣也是現行的『黑色世界』，在此處不會遭到白色種族的追殺，有些無法在白色歷史出現的生命能在此好好地生存下去。」蘿西芙希收回看著門板的視線，「不過，在守世界或原世界會將這些都定義爲死亡，不會再提起了。」

被覆蓋抹除掉的死亡生命嗎？

所以艾麗娜某方面而言，已經不存在於白色歷史了吧？

看著旁側正在與賽塔交談的夏碎學長，還有正在精靈族的阿斯利安，甚至在水妖精中的伊多，他們幾乎也都差點「不存在於白色歷史」，這麼回想起來，其實是一件很恐怖的事情。

雖然是不動武的鬼族領地，但這裡的天空是黑暗帶著略微血紅的顏色，土壤也像是混入了血液氧化後的黑紅血色，空氣更不時飄散著血味；不論從哪方面來說，都是無法令人發自內心開心生活的環境，相反地，待久還會有煩躁感，甚至產生隱隱的憎恨。

我默默壓下心底很不舒服的感覺，就算加強了守護結界，但是黑色的空氣實在讓人心情煩悶，越走心情越差。實在很難想像如果以前那幾次危機他們沒有安然渡過，夏碎學長他們怎麼能夠在這種地方生存下去？

還有一度落到安地爾手裡的學長……光想就很可怕。

不過像學長這種等級的，就算變成鬼族，估計也會是個大鬼王的存在吧嘖嘖。

話說回來，如果學長成了鬼族，應該也是很好看的鬼族吧。

「你又在腦殘什麼。」

「呃……」

我反射性倒退一步，看見學長轉過頭來，正用看白目的眼神看我，然後開口：「到了，就在前面。」

跟著學長看過去，我沒有看見什麼鬼王大宮殿，也沒有看到巨大的黑暗建築物，只有一個通往巨大黑色森林的幽暗入口，那地方看起來很像會鬧鬼的自殺樹海，能看見的每棵黑色樹木都形狀扭曲，有的還有著像猙獰臉孔一樣的樹瘤，每根枝枒都像張開的爪子般超級不友善。

難道殊那律恩鬼王是猴子嗎住在樹海裡面？

「你又欠揍了嗎？」學長面無表情地看著我。

「呃不不不，我只是覺得好可怕的森林。」是真的很可怕，我覺得這裡的每棵樹看起來都會尖叫，每株草看起來也都會尖叫，就是個噴血尖叫系的恐怖森林，是人都不會想踏進去。

「你不就是黑色種族嗎，怕什麼黑暗世界的樹群。」學長冷笑了聲。

好歹我也是後天才知道自己是黑色種族好嗎，我前半輩子都在正常人類的世界生活的喂！

「不開玩笑了，這些是屏障。」學長斂起神色，轉向萊斯利亞，後者點點頭，往前走了兩步，舉起手。

幾乎同時，扭曲森林像是有自己意識般突然在我們面前左右移動讓開，一條黑水晶鋪成的道路就這麼理所當然出現在我們眼前，通往的還是剛剛根本看不見的巨形黑石拱門，不知道有幾十層樓高大的石拱門兩側雕飾著鹿……爲什麼是鹿我不懂，總之就是有兩顆很大的鹿頭，巨大的角向周圍延展，上頭還停著黑鳥群，幾百顆紅色的眼睛像血色星星般閃爍地看著我們。

拱門之後，終於出現我想像中的恐怖建築。

整座都是黑色水晶帶著深暗血紅的古老神廟，規模非常大，不但隨處可見各種大型魔獸雕刻，四周還環繞著各式各樣的鬼族，帶著濃濃毒素與黑暗，儼然是支隨時可以衝擊世界的邪惡軍隊。

陰森的魔火在石燈與火盆中跳躍著，發散著幽幽冷光，幾乎就是神廟中主要的照明來源。黑色神廟一點聲音都沒有，就連火焰的燃燒也沒有聲音，雖然有著大量鬼族，卻寂靜得如同鬼城般，偶爾出現的聲響是那些恐怖的鳥拍動翅膀的聲音。

我屏著呼吸，小心翼翼地跟著學長他們穿過了鬼族大軍，看著無數雙血紅色或是青黃色的眼睛對著我們，打從心底整個發毛，畢竟鬼族不是全都像萊斯利亞他們一樣有著陰冷的美感，有的長得實在很可怕，除了扭曲變形，還有露出內臟或骨頭的恐怖形態。另外就是棲息在四周的魔獸……啊我剛剛好像看見雙頭龍一樣的東西，整條盤據在神廟石柱上，探出的兩顆龍首上有很多銳利的尖形鱗片，感覺衝進人群裡就可以刺傷很多人，完全可以想像那種慘烈到像是地獄一樣的恐怖畫面。

同體的兩顆龍頭轉過來，正好與我對上視線，瞬間我腦袋空白了片刻，好像可以感受到龍吐息的毒氣與熱焰，我連忙低下頭，加快腳步跟上其他人。

穿過了冰冷又黑暗的長廊，經過了重重卻沒人阻攔我們的鬼族侍衛，最後我們來到的是神廟大殿，這裡比起外面顯然明亮許多，不是那種幽暗陰森的光，而是比較接近我們平常的照明光線，而且已經有人在這裡等待我們。

我偷偷吸口氣，做個深呼吸，想著這就是鬼王了吧，想想我之前見過的其他鬼王，我已經做好心理準備，反正應該也不會有什麼嚇到我的東西了，除非他可以長得比用我祖先身體的耶呂鬼王還更嚇人。

然後我抬起頭。

基本上，那瞬間我還是嚇到了。

而且還是嚇到整個人往後摔倒。

「學長？」

在幽冷的殿堂高處，我看見的，是學長的臉。

※

嚴格說起來，我人生活到現在，遇到最可怕的就是學長。

接著比較可怕的事情，就是某個鬼王用了我們祖先的身體，接著我們必須上演一場打祖先的戲碼……對，這是後來我才意識到的，我們活生生地把我祖先身體給搞爛了，希望這種行爲不會遭天譴。

但是再怎樣，我都沒想到現在竟然會遇到比打祖先更恐怖的事情。

就是現在眼前，我看見另一個散發著極爲強大黑暗力量的存在，那個存在還長著一張學長的臉。

「站起來。」有人拽住我的後領，直接把我從地上拖起來。

我愣愣地轉過頭，又是一張學長的臉，「……特價大批發？」這臉跳樓價不用錢啊？大家都可以長這樣？

啪的一聲，我的後腦遭到了猛擊，什麼複製臉大特價之類的想法整個被搧出去，我摀著好久沒被打這麼痛的腦袋，眼淚都被打出來了。

下手行凶的學長把我扔開，往前走了幾步，在鬼王的默許下走上台階靠近對方，接著竟然朝那個和他長得一樣的臉行禮了。

「殊那律恩。」

淚眼矇矓中，我重新看清楚複製……啊不，我重新看清楚被學長稱為「殊那律恩」的人……呃，鬼王……嗯鬼王。學長你下手眞的太重了，我腦袋差點就不清楚了，眞的把我打成腦殘該怎麼辦啊。

反正我仔細打量，才發現這個人雖然和學長有著相同的臉，但是氣質與散發的感覺截然不同，眼前的青年先不說一頭黑色的長髮，與學長相似的紅色眼睛更為深紅一些，如果說學長的眼睛是火焰般、有生命的紅，這個人的眼睛就是開始轉為黑色濃稠血液那樣的紅，除了深沉之外，還有著無法形容的黑暗壓力，被他一看，渾身雞皮疙瘩都起來了，感覺很可怕。

蒼白的皮膚也沒什麼血氣，一身黑色的長袍更增添這種異樣的病感，看著不太舒服，不過那身長袍不知道為啥看著有點像精靈族的……等等……等等等等等等！

他叫殊那律恩？

我靠！

不會是我想的那樣吧？

這個名字！這張臉！

我靠靠靠靠——！

我再度往後退，然後摔倒在地。

大王子名為泰那羅恩，三王子名為亞那瑟恩，名字相似的他們都擁有一樣的臉，那個基因強到恐怖的漂亮臉孔，就連三王子的兒子都長成這樣。

然後我猛地想了起來，曾經被搬上舞台演出的雪國故事，述說著第二王子的死去。

歷史中不管怎樣都只有記載兩個王子，我也從來沒有思考過中間那個王子怎麼完全不突出，也沒有被記載過這件事情。

震驚地看著站在眼前的鬼王，蒼白的臉露出了淡淡的微笑，從黑袍中露出的手指摸上學長的面頰，學長卻沒有任何抵抗，而且好像還透出一絲懷念。

傳說中，三王子最後一家去了黑王所在的地方。

我一直以為黑王是三王子……

所以黑王是……

「殊那律恩，曾經的冰牙族二王子。」賽塔彎下身，輕柔地把我從地上扶起，「卻也在數千年之前，成為被白色世界覆蓋的黑色歷史。」

這也就是說……

我轉向萊斯利亞和蘿西芙希，「你們……」

「焰瞳族已歿精靈，萊斯利亞與螢之森已歿精靈，蘿西芙希。」賽塔淡淡地說著，聲音不悲也不喜，像是唸著書本上的字句：「三王子殿下並非孤身前往黑王所在之地，歷史並未記載，他最後所做之事，是竭力尋找散落各處、在大戰中已遭到扭曲侵蝕的戰士們，將他們帶領至黑暗的土地中，冀望能夠爲他們尋找最後一處靈魂安息之地。」

所以說，這裡還有很多當年聯軍大戰存活下來的人？

可是三王子爲什麼最後死了？

……等等，我的腦袋有點混亂。不，是整個大混亂了。

也就是說在大戰之前，殊那律恩就已經是鬼王……確實那時候就已經是四大鬼王，早在亞那瑟恩遇到凡斯他們之前，殊那律恩就是鬼王了？

那爲什麼亞那會對黑暗種族不設防……不，或許是因爲殊那律恩已經是鬼王，所以他才不害怕黑暗種族？還覺得可以共同相處？

我靠你們搞得我好亂啊啊啊啊啊！

這到底是怎麼回事？

為什麼精靈族的二王子會是鬼王？

啊，船上那些畫還有石板書上面的黑色精靈，就是他吧！

啪的一聲，我腦袋又被砸了。

摀著頭，我看著走回面前的學長，複製大軍的臉沒好氣地看著我，「冷靜點。」

冷靜不下來啊大哥！

「帶你們過來，就是要讓你們知道這些事情，尤其是褚也得知道關於黑暗世界的事。」學長看了眼完全不震驚的夏碎學長，「有很多事情說來話長，必須從頭說起，得花些時間，冰牙或燄之谷都不方便進行這種話題。」

喔對，這也是啦，在白色世界大談鬼族和黑暗種族，可能接著又會被燒女巫了，雖然我覺得是學長燒別人的機率會高一點。

就在我各種腦袋凌亂不知道該做何反應時，陪伴我們來的萊斯利亞兩人默默退了出去，原本就已經沒有其他人的大殿中立即只剩下我們幾個，看來應該是在我們到達之前，這裡就已經被刻意淨空。

這時候我才猛地注意到，除了我們之外，殊那律恩鬼王後面的那個位置，似乎還存在另外一個非常不顯眼的影子，而且那個感覺……雖然他藏得很好，但我應該沒有感覺錯，那根本就是……

往賽塔看過去，正好精靈也回望我一眼，帶著淺淺淡淡的微笑，卻沒有開口的意思。

好吧，我大概知道爲什麼我一定要來到這裡了，估計有很大的原因和後面那影子有關。

就在我很認眞地思考時，突然感覺一道寒冷視線往我射來，我反射性抬起頭，正好對上殊那律恩鬼王的目光。雖說曾是冰牙族第二王子，但與第一王子的視線相比，眼前的鬼王更加感覺不到任何情緒，而且還有難以言喻的死亡寂寥感。

我整個人都起雞皮疙瘩了。

鬼王的視線僅僅短暫兩、三秒就從我身上移開，接著緩慢走下台階，直接靠近一邊的賽塔，然後再次發生差點讓我跌倒的事情。

「老師，許久不見，您的氣色依然很好。」鬼王竟然規規矩矩地朝賽塔做了個非常標準的精靈禮儀。

……老師是嗎。

我看著賽塔，開始覺得再發生什麼也都不意外了，就算景羅天鬼王眞跑出來喊爹我也都不吃驚了……不對，我可能還是會吃驚。

「看著你還在堅持自己的想法，雖然不被任何人所知，但也支撐了黑暗世界許久。」賽塔走上前，打量著鬼王，微微嘆口氣，「只是，辛苦你了。」

蒼白的嘴唇勾起了小小的弧度，鬼王抬起手，似乎想觸碰眼前的精靈，不過立即又收回手指，像是怕碰壞什麼，「也不過就是讓那些可悲的生命從一個監獄進了另一座監獄。就像我曾經傳訊給您，在這短短數年之間，原先穩定下來的孩子們又轉爲瘋狂的並不在少數，他們期待著主神降予奇蹟，然而無法在闔眼之前再次碰觸光明，最終我們還是必須下手消抹那些痛苦悲哀。」

「即使不想看見一次次的重複輪迴，但扭曲的生命想要存活下來等待希望，也只有你這裡能夠辦到了。」賽塔微笑著抬起手，居然就這樣往四大鬼王的頭上摸了過去，順著黑色的長髮滑落在他的肩膀上，輕柔地拍了拍，一點都不介意對方是鬼族之王，「還能持續下去嗎？」

「我的答案，如同千年前一般。」殊那律恩反握著對方的手，露出有些懷念的表情，這讓他原本看起來蒼白到有些可怕的面孔瞬間柔和許多，「雖然我已無法見到黑暗中的曙光，但我能夠維持那條可能讓他們返家的道路，直到這無法看見盡頭的生命結束爲止。」

聽著他們的對話，本來我就一腦袋霧水了，現在是一整個人都霧水，大概已經淹到九分滿那種。

好像想起來還有旁人在，鬼王收回手，臉色又變得恐怖了起來，嚴肅地轉向學長，「你曾要我承諾，在成年時告知你過往的事，也曾信誓旦旦將帶來你信任的同伴共同承擔這一切，然而這裡面有著未知的黑色變數，也有著轉化爲邪惡的可能性；這就是你的選擇嗎？」

「嗯。」學長點點頭，「藥師寺夏碎是我選擇的同伴，他能夠共同承擔一切，而褚冥漾爲妖師的後人，凡斯的其中一名繼承者，我認爲他有責任承擔妖師一族必有的種族任務，而且我也做過決定，若是轉爲邪惡，會在第一時間消除危害。」

呃……

學長你就在我面前這麼大大方方承認會幹掉我這樣對嗎？

雖然我老覺得你天天都想幹掉我就是。

想要幹掉我的人回過頭看著我和夏碎學長，開口：「那麼我重新介紹一次。這位是獄界四大鬼王之一——殊那律恩惡鬼王。曾經的冰牙族二王子，殊那律恩·伊沐洛。也是在六界之中這數千萬年來，很有可能是至今唯一一位能夠有效抑止黑暗扭曲與陰影的特殊存在。」

抑制……陰影？

「您能夠控制黑暗扭曲？」

這次不是我驚訝了，夏碎學長看起來也很驚訝。

「在進行這話題前，我想還是先清除不速之客吧，這些不成熟的白色種族會造成很多麻煩。」殊那律恩突然眯起眼，周圍瞬間冰冷了起來，整座大廳的牆壁剎那間凝結一層薄冰。

都還沒反應過來，我只感覺到身側好像被什麼黑色的東西擦了一下，反應過來時鬼王手上已多了一個人，而且鬼王的手指還掐進他的喉嚨，像是抓住小動物般將他整個人舉起到空中。

一看清楚被掐的是誰後，我寒毛都倒豎了起來，頭皮也炸麻了，想都沒想就衝了出去，直接抓住鬼王的手。

「住手！」

我靠靠靠！

——他是怎麼把重柳族抓出來的啊！

要死了！

# 第二話　改寫的記憶

啪的一聲，我的手直接被拍掉。

猛然回過神，我才發現我剛剛抓住鬼王的右手整個結了一層冰，而且指尖還發黑，出現恐怖的裂痕，一整個就是要死的樣子。

旁側的學長不知道把什麼東西按在我完全失去感覺的手上，很快地有股暖流爬上指尖，那些黑色毒素立即消退，連冰都跟著融化、裂痕也修復好，果不其然接著就接收到學長看白痴的目光。

……對不起，這眞的是我的錯，我如果有帶腦的話就不會去抓一個恐怖鬼王的手了，還好我的手不用剁掉。

「這是你的朋友？」掐著重柳族，鬼王冷冷看著我。

「是。」我連忙回答。

「不是！」重柳族的氣音。

……

我靠大哥！你被掐成這樣還想要擠出字反駁我嗎！

看著被染黑的血從遭掐住的脖子流了出來，我連忙無視重柳族的否認，直接踮腳抬手摀住他的嘴巴重新說道：「這是我認識的人，不是壞人。」

呃不，壞人應該是眼前的鬼王才對……啊啊啊啊啊啊啊！我好亂啊！

喔草！不要咬我！

我抽回手，沒好氣地往重柳族瞪了一眼。

「已經偏離自身任務的世界種族鬼祟地跟在黑色種族身後，多半不是好事，在獄界抹除，其族人也不敢進行報復，你不用擔心。」鬼王居然還說出替我著想的話，我覺得有點感動，但是我怕他下一秒可能就把重柳族的脖子給折斷，急忙再次擋在完全掙脫不了的時間種族前面。

「他真的不是壞人，他幫過我們很多忙，救了我好幾次，真的。」硬著頭皮，我看著那張和學長一樣的臉，努力想要說服對方不要掐死重柳族，「而且他……」

「我明白你的意思，然而你卻沒有感覺，你身上有一些時間外族的小把戲。」殊那律恩的聲音很冰冷，大廳牆壁的凝冰比剛才增厚了一些，正在不斷發出陰冷入骨的寒氣。

「咦？」我沒反應過來鬼王的意思，因為太冷抖了抖。

「看來你並未得知為何我會成為四大鬼王之一的因由。」鬼王輕輕鬆開手，任由重柳族摔落地面。

「褚，退開。」

學長的聲音從後面傳來，雖然我很想扶起重柳族看看他的傷勢，但也只能往後退，讓學長走到我前面。然後他說：「殊那律恩進入獄界之後的隔年便成爲四大鬼王之一，至今抗衡另外三大鬼王勢力與遊走在獄界的妖魔們，除了力量強大之外，他還保留著精靈時的能力，能夠傾聽世界與生命的流動語言，甚至是思想。」

又一個竊聽的！

啊不對，我剛剛什麼都沒想，對不起！

「我在你的身上讀到時間外族的封鎖力量，甚至改寫記憶的痕跡，你眞的認爲他是幫助你的人？」殊那律恩看著地上的重柳族，後者就算是強行忍耐，還是發出了很細微又壓抑的痛苦喘氣聲。

我被改寫記憶？

我不明白。

重柳族一直在幫助我們，他什麼時候改寫過我的記憶？我們甚至很少有太大的接觸，完全想不通。

「等等，或許這其中有些誤會。」賽塔走上前，動作優雅地蹲到地上，檢視著重柳族的傷勢，按到頸部的手指點亮了微光，慢慢地重柳族的呼吸聽起來正常許多。「我在這孩子身上讀不到任何惡意，甚至有絲善意，重柳一族並不會對黑色種族如此友善，我們該聽聽他的話語，如同主神的指引，褚身上的牽動術法必定有其故；再者，他身上的傷勢如此嚴重，也是違背了重柳一族的生命誓約才會如此，不是嗎。」

「……」重柳族一句話也不吭，就算前面賽塔幫他鋪了一條辯解的路，還是死都不開口。

盯著重柳族，我有點懷疑，改寫記憶什麼的……

「你眞的像那些不懷好意的人一樣嗎？」有點半試探地，我開口問道：「我還以爲……」

「不是。」低低的聲音傳來，似乎還是很不願意解釋，重柳族停頓了數秒之後才又說道：

「那並非惡意。」

接著他又不說話了。

大哥啊，你知道你現在落在人家手裡，處境是隨時會被喀嚓嗎？拜託你多說點話啊！

「如果你不擅與黑暗種族對話，那麼就按照我們的方式來吧。」看起來根本不打算等對方猶豫，鬼王猛地出現在我面前，速度之快，等我反應過來時他已經把手放到我的額頭上，寒霜般的聲音從我頭上傳來，「就讓我們看看，你到現在仍然無法跨越界線的原因吧。」

「什麼……」

正想問什麼意思時，我突然腦袋一冷，好像有什麼東西在裡面凝結。

「住手！」這次重柳族明顯激動起來，立刻就要過來阻止鬼王的動作，但他才剛起身整個人就停了下來，像是無法動彈，只能瞪著我們這邊。

「你眞的，從來不覺得你所見的有問題嗎？」

殊那律恩的聲音輕飄飄傳來，我眼前開始變得黑暗。

一抹幽光在我面前點亮。

如同往常，我習慣性地推開了房門，然後完全不意外地看見房內的畫面。

藍眼蜘蛛正在看著電視。

※

那是從什麼時候開始的事情？

學校大戰後，我明明已經見過藏匿在其中的黑暗與部分歷史，陰影事件時我更啓動過妖師的陣法，那些影響至今留存在我身體當中，對於各種事情的煩躁也不斷累積著，遲早有那麼一天會從某處宣洩出來。

其實，我一直都明白。

回來的第一日，我打開了房間，那瞬間我對上的，是藍色的眼睛。

記憶中藍眼蜘蛛在房內看電視的畫面，其實並沒有想像中那麼多。黑暗的迷霧揭開之後，站在我面前的並非那隻蜘蛛，而是其主人，那天的我因爲沒有預料到重柳族會大剌剌站在房間裡，霎時反應不過來，整個人都呆住了。

我無法相信你。

這麼說著的青年在我面前抬起手，我看著黑色的手套在我面前張開，腦中一片暈眩。

你不能變強，你無法變強，現在只要這麼想就好了，黑色的力量不能出現在此世界正在運行的時間當中。

那些力量，無法自如地運用。

你想活下去吧？

然後，我就徹底忘記他曾經出現過。

每次打開房間，看見的僅有藍眼蜘蛛在我面前一閃而逝，而我只當作笑話般，以爲牠是偷偷鑽下來看電視。

明明藍眼蜘蛛是會洗人腦的，我都看過幾次了，居然完全沒有警覺。

「所以你無法變強。」

我回過頭，看見殊那律恩站在我身後幾步遠的地方，那張與學長相像的臉看著我，「你的潛意識不要你變強，你只能弱，每當你想要做些什麼的時候皆只能搖擺不定，不是嗎。那些合理的、不合理的想法，牽制了你的行動，而你卻不感到疑惑。」

「我……」

回過頭，我看見另外一個我走進房間，再次被重柳族清除記憶。

陰影之後，我曾經看過也得到過古老黑色陣法的力量，我可以看見世界的黑暗面。某些東西在我心中甦醒起來，沒錯，事實上我並沒有那麼弱，但我無法在白色世界出手，只要動手，就會遭到圍剿。

這是什麼時候開始的綁手綁腳？

「住手。」

清冷的聲音從房間陽台方向傳來，隔著正在對「我」清除記憶的重柳族，「重柳族」從那裡看著我們，穿著先前我見過的白色服飾，藍色的眼睛直直地盯著後頭的鬼王。「你不能蠱惑妖師，那會使他與其家族在原世界無法生存。」

殊那律恩勾起冷笑，沒有任何笑意，看起來像是在嘲諷著重柳族的話，「時間外族也想干預妖師一族？現任的妖師首領並不這麼認爲，不過看來妖師首領並未發現你的小動作，你耗費如此多的時間一點一滴地改變他的深層意識，時間外族的首領可知道你的意圖？你那些偏離軌跡的同族們能欣賞你的想法？」

「如果僅是想活下去，他不需要那些力量。」重柳族抬起手，我們周圍景物全都被打散，我在學校的房間與那個我、那個重柳族，瞬間成了毫無一物的空氣，四周慢慢出現白色的天空與沙地，還有幾朵奇異的冰晶花朵點綴綻放。

「你是擔心同族嗎？」

瞬間出現在重柳族身後，鬼王像是抓小雞一樣再次抓住重柳族的後頸，無視前者的掙扎，白色的天空開始被染黑，四周再次浮現其他景色。

一幕幕，像電影畫面般不斷快速變換。

我看見我的家，我家附近那些精怪、電線桿上奇怪的植物，遊蕩的口香糖帽子，還有被我們轟炸過的公園……公園裡面有打扮很像重柳族的人正在走動！

雖然四周路人沒有發現，但我一眼就看見了，他們很快就消失在公園中。接下來出現的是在學院附近，大運動會我曾經去過的其他學校，湖之鎮，艾里恩的城市……我旅行過的每塊土地，他們都踏足在上方。

這不是我的記憶，所以這是重柳族看見的？

「住手……」抓住後頸的手，重柳族發出痛苦的聲音，「不能看……」

「你發現同族正在搜尋年輕的妖師，他們無法進入妖師首領的大結界，也無法侵入學院刻意布下的隔離，甚至難以朝有著公會身分的袍級出手，所以他們沿著力量氣息試圖搜索因爲其他人守護、無法定位的蹤跡；正準備在黑暗力量正式發難時，有著正大光明的理由終結落單在外的妖師族人。」鬼王冷眼看著被自己捏住的人，手指深陷的頸部流出黑色與白色混合的血液。「所以你判斷，必須讓妖師孱弱無力，無法發揮黑色力量，以此保命，嗯？」

我愣愣看著因痛苦閉上眼睛，可能是在等待最後一擊的重柳族，然後意識到他是真的沒有惡意，我完全不知道還有其他時間種族在這麼近的地方搜索我。陰影事件過後，我真的以為他們就算監視，但也不至於黏得如此緊……但是剛才的畫面中，我看見他們幾乎與我正要去買菜的媽媽擦肩而過，而我媽渾然不覺。

那瞬間，令人毛骨悚然，我整個人都是冰冷的。

想到在我不知道的時候，我媽很可能就被那些人殺了，我突然感覺到一股憤怒還有恐懼。

到底為什麼我們要活得這麼畏縮？

「不過令人覺得有趣的是，在你們兩位一同進入我的世界後，我才發現原來你們兩位都有另外被改寫的記憶。」鬆開手，殊那律恩從摔落的重柳族身邊走開，四周風景又開始改變。

連忙過去扶起重柳族，他的脖子血已經止了，而且傷口正在快速復元，但不知道為什麼看起來很虛弱，靠這麼近才發現他連呼吸都很痛苦。

「那是因為他企圖改動我建立的意識世界。」鬼王負手走了兩步，回過身，居高臨下地看著被我拉到旁邊的重柳族，四周氣溫降低，凌人的恐怖氣勢壓了下來，不過很適時地止住，正好點在讓人感覺到恐怖，但不至於無法說話的地步。「即使有著高貴的血統，畢竟過於年輕。你的力量對我而言，不造成任何威脅。」

「……我明白的……」重柳族奮力想要擺脫我的扶助，但又使不出力氣，我捏著他的肩膀都覺得他整個人軟趴趴，更別說和鬼王槓上去。「二王子……原本……是冰牙……」

「過去之事，不須再提。」打斷重柳族的話，殊那律恩輕輕抬起右手，周圍的畫面再度變動，而且這次出現的景色再次讓我全身的雞皮疙瘩迸出來。

古老的房舍，正在發出孤單且嘶啞聲音的鞦韆。

一雙腳正在我們上方擺動著。

「你認爲發現妖師首領居所的獵殺者，會輕易放過所有存在於裡面的黑暗種族嗎？」

鬼王的聲音傳來，我的背脊整個都冷了。

※

說真的，我從來沒有懷疑過。

就像記憶中，那個獵殺者應該是就這樣消失了。

但是仔細想想，那些獵殺者發現了妖師的巢穴，怎麼可能會不動手？當時重柳族可是連我媽都想下手了啊？

「住手！」

清冷的喊叫聲讓我整個人回過神。

站在樹上的獵殺者緩緩鬆開手，充滿殺機的眼神與那時候還很小的我對視，大蜘蛛的黃色眼睛瞬間全轉向我。

發出叫聲的不是殺手，也不是那時候已經看呆的「我」。

舅舅的屍體落在我前方，發出重物落地的碰撞聲響，有些沉悶，也有些無形的恐怖。

接著是另外一個黑色身影擋在我面前。

「這是小孩。」穿著一身黑的另一名重柳族擋在我面前，「沒有力量的孩子。」

「滾，黑色種族沒資格存活。」獵殺者踏上空氣，走階梯般一步步降下高度，走到我們面前，態度高傲且無禮，「如果不是因爲族長，才不會讓你隨行。現在，滾遠點，滅殺黑色種族將會是時間種族對於維護歷史的最大貢獻。」

「如果連無辜的孩子都屠殺，那麼白色種族與黑色種族有何不同？」擋在我面前的人這樣說著，當時他的聲音還不像現在這麼冷淡，甚至有點緊張。「我們所該做的，應該是監視邪惡，在影響時間時加以排除，並非對幼童下手。」

「……哼，維護影響時間的邪惡，看看你的身軀，背叛時間的懲罰烙印正在嘲笑你的話語。」獵殺者站到阻攔者的面前，連黃眼蜘蛛都在發出嘶嘶的恫嚇聲，「離開。」

接著，他們沒有再對話。

應該說，下一秒獵殺者已經閃過同伴的阻擋，直接出現在我背後，眼看著那時候還在呆萌蠢的我接著就是爆頭危機；然而腦袋沒有爆開，我還是愣在原地，獵殺者的毒手被同伴的短刀攔下，這讓他原先充滿殺氣的眼神變得更加危險。

「你要維護黑色種族？」

「不，時間種族維護的是生命時間，即使是黑色種族也必有己身的歷史時間，還未確認影響前，我們應……」

「住口！」

我看著兩名時間種族就這樣僵持著，然後不自覺地看向我扶著的重柳族，他乾脆把臉轉開，似乎很不想接受自己被別人翻出來的記憶畫面被當成電影播放大放送。

不管如何，那個出手免去我被爆頭的，分明就是我身邊這傢伙。

我們以前見過？

雖然包頭包臉，但是那雙藍色眼睛根本眼熟啊！

不過他那時候身邊沒有藍眼蜘蛛，也沒有其他東西，感覺有點不太一樣。

只是他擋在那個蠢萌的我面前時，衣襬已經開始有點濕濡。

到現在我還是搞不懂重柳族出手的點是什麼，爲什麼每次幫忙都會受傷？怎麼界定？眞的很難懂。

就在兩人僵持不下時，我聽到另一個嘶嘶的蜘蛛聲響。

所以說，那時候至少有三個重柳族在現場？

我有點僵硬地轉過頭，看見大樹後繞出了另一名女性，同樣全身黑衣打扮，青色六眼大蜘蛛，學步車般的大小，毛茸茸的身體緊貼在她腳邊。

「累贅。」女性發出同樣嘲諷的聲音，這股不友善完全就是針對重柳族。「以爲你發現這裡能有什麼貢獻，看來根本還是沒用。」

這讓我想起之前看見其他重柳族時，他們的態度很顯然也這麼冷漠，所以這個重柳族在他們族裡到底是有什麼問題嗎？以至於被各種排擠？

「所以，你們帶著累贅侵入別人的家園，自詡正義，對於原先應該存活的生命視若無睹並大開殺戒嗎？」比那兩個時間種族更冷的聲音飄了過來。

雖然是稚嫩的少年聲音，但包含在其中的沉穩與濃烈的血腥殺戮意味難以遮掩。

包括原本擋在我前面的重柳族在內，三名入侵者瞬間繃緊身體，眼神恐怖地看向不知道何時出現在庭院中的另外一名孩童。

當時我不大，舅舅的孩子自然也不會大到哪裡。

可是他出現時，整座庭院氣氛是恐怖的，看見舅舅屍體又差點被爆頭都沒有反應的我也感受到這股氣氛，突然大哭了起來。

然微微低下頭，衝著我微笑，「把眼睛遮起來，好嗎?哥哥很快就把這裡弄乾淨。」

那時候，我還是很相信經常玩在一起的「哥哥」，所以我一邊大哭一邊乖乖地把眼睛摀上，聽著然用有些溫度的語氣跟我說：「想想晚上吃什麼吧，會有好吃的東西喔。」當下，那些話其實有點顫抖，只是完全被我遺忘。

幼小的我沒看見之後發生的事情，但是重柳族看見了。

我蹲在舅舅屍體前，摀著自己的臉，一層保護結界罩在我身上；重柳族還是擋在我前面，

而那兩名獵殺者緊盯著然，女性揮出彎刀，刀鋒上還有未乾的血液，她不知道還在老屋中對誰

動了手，我沒有記憶，然也沒有提起過。

但是，能住在妖師一族本家的老屋中，身分不是血親就是極爲親近的人才對。

記憶中，還有誰在那時候消失了？

我沒有印象，更加想不起來，我童年時在本家接觸的人眞的不多，大半時候都和「哥哥」在一起。

「這裡的黑暗種族都該連根拔起。」女性像是盯著獵物般，有些不將身邊無人的少年放在眼中。

「……偏離軌道的時間種族，不，恣意掠奪生命，已經是外族了。」然一點畏懼的神色都沒有，帶著對於小孩來說過於沉穩的老練氣勢審視著入侵者們，稚嫩的臉勾出嘲諷的表情。

「還未感覺到嗎，詛咒進入血液中啃食你們高貴靈魂的滋味。」

兩名時間種族身體僵了下，殺死舅舅的獵殺者幾乎瞬間消失在空氣當中。

「不！」沒來得及逃走的女性發出恐怖的淒厲尖叫聲，紅色的血從她唯一露出的兩個眼眶中噴濺出來，那雙綠色的眼珠更是整個炸開，直接變成兩個又深又黑的窟窿。

我從來沒有看過然對別人下狠手，現在看著過去還是少年的他，帶著殘酷的冷笑看著女性和蜘蛛在自己面前被痛苦折磨到慢慢化爲一灘血水，那種畫面怎麼看怎麼恐怖。

等到時間種族的女性成了黑色血水，那些血水又蒸發到一點痕跡都沒有殘存之後，然才把視線轉向重柳族，「至於你呢……我想想該如何處置……」

揮出短刀，重柳族似乎很猶豫不決，他當時應該是想砍掉眼前剛殺了他同族的人，但是又不知道是不是應該出手。

「你們欠我兩條命，我父親寶貴的生命……我……還有許許多多妖師一族無辜者的生命。不過爲了獎賞你方才的行爲，我詛咒你必須保持這份質疑，就算血液流盡，烙印蝕骨，你都只能如同今天般質疑自己的所作所爲，你永遠都無法克制自己不去想、不去做。至於另一個逃掉的凶手，他會永生如同最醜惡的臭蟲不斷逃竄，因爲他只要一停下，我就會察覺他的位置，而被我追上……『凶手必將不得好死』。」少年嗓音很輕柔，像是哄著孩子般，卻讓人聽著不寒而慄。「你會忘記自己所見的一切，即使時間種族都無法恢復你的記憶，直到你明白了妖師一族並非邪惡那日，自然會有人助你重新回憶。到了那時候，你再用『心』體會這個世界是怎麼一回事吧。」

「你……你是……」重柳族像是被扼住聲音，整個人無法呼吸地跪倒在地上、還在想著晚餐的我旁邊。

然微微一笑，這也是重柳族最後在妖師一族本家看見的畫面。

「我是妖師一族首領，白陵然。」

所有景物瞬間炸開，化成千千萬萬的碎片，碎片又轉為白色的沙落到地上，恢復成剛才的白色天空與白色沙地，四周寂靜無聲，殊那律恩站在我們面前，依然是高高在上地俯視著我們，只是氣壓沒有先前那麼逼人了。

我花了好一會兒的時間才消化完剛才看過的東西。

然那時候對於舅舅的事情過於輕描淡寫，實際上他當時是在我面前殺了時間種族，他不想讓我知道，所以我後面的記憶整個都是模糊、甚至是被抹除的，隨後也沒有恢復這些。

而重柳族估計也被洗腦了整個扔出去，所以才不知道自己老是中招來幫忙的莫名根源竟然是來自於妖師的深沉詛咒。

該怎麼說呢。

看來他也很倒楣嘛。

我好想問問看鬼王還有沒有其他被改寫的記憶，例如其實我沒有那麼衰，大部分都是幻覺之類的，什麼走路掉到水溝、吃飯被天花板砸到，或是跟同學講話靠著欄杆欄杆斷掉都是不存在的哈哈哈哈哈。

「不，那些真的就是這麼倒楣。」鬼王很直接地回答了。「妖師詛咒自己的能耐，真讓人大開眼界。」

……

不要說出來啦！

還有，別偷聽了你們！

❀

猛地睜開眼睛，我們再度回到鬼王的宮殿大廳。

鬼王已經回到了他的王座附近，重柳族倒在他腳邊，隔著許多級台階，獄界的王者看起來整個高不可攀。

不過比起剛才那些記憶，我現在比較擔心重柳族，他看起來沒有清醒，整個人還呈現昏迷狀。雖然說沒有刻意要傷害我們，但鬼王的毒看起來是真的很毒，不知道會對重柳族造成什麼影響，如果就這樣廢掉怎麼辦？

「放心，殊那律恩不是會隨意殘害生命的孩子。」賽塔輕輕說著：「即使到了現在，依然如此。」

剛剛那個又捏又掐不算殘害嗎。

盯著鬼王彎身直接把重柳族橫抱起，還在想著要幹嘛時，鬼王就這樣很自然地把人往後面、大殿上那張不小的王椅一扔，拍拍手，隨便他去躺了，好像那張王座一點都不值錢，可以亂丟東西一樣。如果重柳族現在是醒的，知道他代替鬼王坐在獄界王位上，不知道心靈陰影的面積會有多大一片。

而完全無所謂的鬼王本人再次往階梯下了兩階，相當隨便地坐了下來，那些什麼威壓、凝冰的空氣早就散得乾乾淨淨，彷彿剛才的凶狠氣場都是假的一樣。

「有外人在，確實麻煩許多。」邊這樣說著，殊那律恩邊向學長伸出手，「讓我重新好好看看你們，老師、亞。」

學長直接走上去，就這樣在鬼王邊上坐下，殊那律恩蒼白的臉孔泛起一絲絲微笑，看起來比原先有了更多溫度；不過當賽塔靠近時，他還是稍微避開一些，並沒有直接觸碰賽塔的身體，甚至頭髮。

現在該怎麼辦？

人家這樣看上去好像是溫馨一家人，我該原地罰站直到他們敘舊完嗎？而且我好想過去看看重柳族的狀況，但是他們就在中間的階梯上面坐著啊！這麼大的路障根本沒辦法偷偷摸摸地繞過去，他怎麼就不考慮一下像電視上的壞人，直接把重柳族往地上隨便一扔啊。

「你們也過來吧。」鬼王看向我，跟我一樣站著的夏碎學長倒是直接走過去了，然後往學長旁邊的空位一屁股坐下去……這樣的話，我也只好硬著頭皮在賽塔邊上蹲好蹲滿，這種畫面其實真的超級奇怪，但是又沒得選。等到全體就位，鬼王才再次開口，這次話語也變得比較自然，沒有剛才的肅殺冰冷：「老師在到來之前，曾經傳來訊息，希望我能代為處理妖師後人身上的狀況，畢竟在白色世界很難調動黑暗力量，一有大動作容易被獵殺，所以在黑暗世界修復你的記憶與調整狀況才是最好的選擇。」

「咦？賽塔知道改寫記憶的事情？」我愣愣看著旁邊的精靈，還是一如往常優雅的微笑。

「雖然時間種族的力量趨於完美，然而，我是校舍管理人，多少察覺了不對勁。」賽塔微微點頭，算是承認他多少知道這件事情，「改寫的記憶能夠修復，封鎖的黑色力量卻無法輕易修正，思考了幾處，依然是在黑暗世界為佳。殊那律恩的力量能覆蓋你的力量，在此處調整對你而言最為安全，時間種族不會尋隙而入，也不會察覺，更不敢輕舉妄動。」

「還有，你帶來的時間外族同樣被監控了。」鬼王說出讓我再次驚訝的話語，「他的同族在追蹤他，顯然他也努力在擺脫蹤跡，正好進入鬼族前能夠斬斷，他的族人不會發現他所在何處，老師的通道一向無人能追蹤，即使連精靈王……都無法。」

「所以你才願意讓我成爲唯一隨心所欲踏入此處的白色種族，不是嗎。」賽塔嘆了口氣。「即使是精靈王，你也不願意讓他再看你一眼，讓我踏入此處的唯一誓約，就是『他們』永生不得再見你一次，你眞是……」

「不論多少次，只會造成心痛，不如就此被歷史所遺忘。」鬼王淡淡地說著：「精靈的生命太長，心痛的折磨雖會使他們生命縮短，但對於人類這樣壽命極短的生物來說，還是過於永恆；我不想看見其他人因此痛苦至死，以時間淡卻一切是最好的選擇。他們只要記得我最好時的樣子就已經足夠了。」

我看了看鬼王，又看了看賽塔。

但是，賽塔卻可以自由進出這個地方？賽塔不會因爲這樣心痛嗎？

殊那律恩看向我，「讓老師進入也非我所願，無論我遷移至多少處，建立了多少次結界，老師永遠都有辦法找到我的所在之地，這是唯一的妥協誓約，我也不再躲避老師。」

聽起來根本就是被追到無奈的同意嘛。

盯著一臉平和微笑的賽塔，我眞越來越覺得他超級不簡單了。

似乎不太想繼續進行這個話題，鬼王搖搖頭，正開口要說點什麼時，大殿外隱約傳來吵鬧的聲響，聲音相當小，似乎隔了大段距離。

「學不夠教訓嗎？」臉色再次一冷，鬼王站起身，森幽的目光看向對外的走廊處。

「黑暗同盟。」學長跟著站起身，我也馬上從階梯上彈跳起來。

「萊斯利亞會打發他們。」冷笑了聲，鬼王走回台階上，「那些所謂的黑術士不過是些年輕之輩，或是想造成混亂，或是貪戀黑暗同盟應允的世界地位，與萊斯利亞相比差得可遠，畢竟我們並非白色種族，不會因黑暗毒素而困擾。」

「眞正的黑術士不會如此輕易協助他人。」賽塔微微勾起唇，「然而，黑暗同盟中似乎有眞正的黑暗術士，教導那些不成熟的小術士們成爲棋子，數量多了，也容易造成不小的麻煩。」

所以我們之前遇到的黑術士在他們眼中都還不算威脅嗎？明明之前遇見的都很麻煩，要殺好幾次才會死。

我正在發呆想著先前遇見的東西時，不知道是不是錯覺，上面的鬼王突然看了我一眼，很快就收走視線。

「不過既然難得來到這邊，你們就在安全的地方見見眞正『黑術師』的力量吧。」這麼說著，鬼王抬起手。同一時間，我們四周大殿景物突然褪去顏色，取而代之的是幾乎要壓垮大地般的深黑色天空與大量層疊的黑灰色片狀雲塊，雖然沒有嗅到氣味，但空氣中隱隱含著奇異的血絲狀物體，非常細微，沒有仔細看根本看不見。

發現血絲沒有沾黏到肌膚上，我才意識到我們並沒有被轉移出去，應該還在大殿，只是把外面的景物投映進來，所以不會被外面毒素之類的影響，當然也不用加強守護術法。

從這裡一眼望出去，除去天空，先看見的就是黑壓壓一整片，近乎萬頭攢動的畫面。

我們所在之處是一個像城牆般的巨大瞭望台上，兩邊是延伸出去的黑色玉石高壁，完全看不見盡頭，不過能看見上面站著無數守牆衛兵，有輕甲有重甲，黑色的材質上有著統一的花紋，以及似乎象徵殊那律恩鬼王麾下的印記圖騰，看起來好像是冰晶又好像不是的奇怪圖案。

這些衛兵大多都保持著人形，仔細一看也都還很有奇異的美感，估計保留了原先種族的形態……說也奇怪，我見過種族扭曲成鬼族，但是在這邊看見的鬼族似乎沒有變形得那麼嚴重，這是因爲和剛剛提到的殊那律恩可能可以抑止黑暗的力量有關係嗎？

原先那個話題已經被打斷了，不知道待會兒能不能再問看看，如果真的有辦法控制黑暗，那麼艾麗娜的事情說不定有解，也不用去尋找先前提過的那些罕見物事。

從衛兵身上轉回視線，再次看出去，城牆外面是各種數不清的牛鬼蛇神，被擋在城牆外頭這些看起來就眞的鬼族了。小的有人形像是還沒踏進這世界、跑來追殺我的那種，大的到攻打學院那類巨大奇形怪狀體態都有，光是這樣看過去，這些鬼族的數量搞不好就有上萬了，而且顯然有人統整他們，鬼族群竟然有所排列，而且很整齊地出現了像是方陣一樣的布置，每個軍陣上方都飄浮著二至三名黑術士，讓人看了覺得非常不妙。

「我王？」

萊斯利亞有些疑惑的聲音從旁邊傳來，接著就看見好像唯一能見到我們的萊斯利亞從瞭望台上走下來，非常恭敬地對著鬼王的方向行禮，「難得您對前方有興趣，竟然讓您親自連結前方的戰況。」

聽見萊斯利亞的話語時，兩側衛兵似乎也有點驚嚇，稍微動搖了下，不過很快就恢復成原先威武的警戒狀態，看起來訓練極佳。

不過這也確定了眞的只有萊斯利亞看見我們了，其餘衛兵依然看不到。

「只是讓亞的客人看看眞正的黑術師與那些上不了檯面的黑術士有什麼差別。」殊那律恩語氣平板，對牆外的威脅完全沒有興趣，也不看在眼裡。

「我明白了。」

萊斯利亞恭敬地回答完後，一旋身，再次面向戰場。

「那就請各位，看看這些黑暗同盟的小丑如何虛張聲勢吧。」

# 第三話　毫無威脅

雖然不是第一次上前線，不過這種畫面光看還是會讓人開始緊張起來。

我聽著城牆下發出各種讓人不快的吵雜聲音，其實聽不懂那些鬼族在嚷嚷些什麼，可是光聽語調就讓人覺得很反感，打從心底泛起嫌惡與各種不舒服，現在真的覺得殊那律恩這邊的鬼族在說話上讓人感覺好很多，簡直天籟。

在我們連結上這裡之前，估計外面已經打了兩、三波，城牆上依稀可以看見各種該打馬賽克的血肉殘渣，很像有什麼活生生被絞肉機捲過然後整鍋潑到牆上；四周還有不少破碎的黑色咒術，殘缺的力量東一塊西一塊，已經沒什麼作用了。

還好因為有點距離，所以那些爛肉糊牆的畫面看起來視覺衝擊比較沒有那麼大。

聽著鬼族的詭異低語，想著他們不知道什麼時候才要動手時，我腦門突然一麻，好像有什麼東西熱熱地竄進來，接著就感覺太陽穴一跳一跳的不太舒服。

「忍耐一下，萊斯利亞正在將黑術士的語言連結過來。」學長往我背後拍了一下，說道：「術士常使用精神溝通與干擾，這樣會比較清楚他們在幹嘛。」

如果可以的話還真想再搭配個字幕呢。

「不過粗俗的話語真是太多了，看來褚前面沒聽見也不是壞事呢。」從剛才開始一直沒怎麼說話的夏碎學長笑笑地看著那些鬼族大軍。

所以其實那些鬼族都在罵髒話嗎？

呃……感覺好像也不太意外。

慢慢地，我開始可以在腦袋裡聽見深沉的話語。

一開始是萊斯利亞略低沉的嗓音，接著是更多混雜在一起、混濁不堪的聲音，陸續出現約莫五、六個，都挾帶著一股不太友善的意味。

「最後忠告一次，退出我王之領地，看在同住黑色大地的份上，我們將不進行大規模消抹。」萊斯利亞站在城牆上，面色陰沉地對著下方飄浮在空中的數名黑術士。「諸位雖墮入黑暗，但在扭曲之前也是名氣之士，失去了白色的生命，連黑色的也不要了嗎？」

「呵呵……居然在說忠告……」

「鬼王的手下，居然沒腦子的嗎。」

「真是大笑話……」

訕笑聲此起彼落傳來，那些黑術士完全不打算買萊斯利亞的帳，反而像是在看什麼滑稽物般不斷傳遞嘲諷言語。

難怪剛剛夏碎學長會說前面沒聽見也好，估計沒好聽到哪裡，雖然是不同語言，不過基本上是用腦波在溝通，所以可以理解他們的意思，後面又附加上一長串謾罵萊斯利亞的骯髒話語，接著重新進入正題。

「我等黑暗理應攜手統整獄界，時機將近成熟，六界失衡在即，殊那律恩既爲四大鬼王之一，就須貢獻力量來顚覆六界，終結白色的時間，讓黑色成爲正統歷史，生命永恆的主宰。」看來似乎地位比較高的黑術士代表發言：「我王應允將賜給你們眞正的安息之地，不受白色種族阻攔，明正言順地擁有眞正時間地位，我們將成爲神、成爲巔峰之王，成爲萬物主宰。」

「看看你們，擁有了偉大的生命與力量，只敢躲避獄界狹小的土地裡面，假裝自己沒有被世界遺棄，幻想還能夠回去舔拭白色種族的屁眼，什麼共存和平，什麼美好回憶，都是虛構的。解放所有黑暗，讓大地被深夜擁抱，我們將成爲眞正的世界之主。」

「也就是說，黑暗同盟將帶領黑暗種族成爲正統的歷史種族嗎？」萊斯利亞勾起一抹冷笑，目光直視其中一名黑術士，「推翻時間軌跡，提前毀滅世界，接手一切。」

「沒錯，世界原本非黑即白，歷史軌跡輾轉輪迴，現在正是顚覆所有的時候，屆時我們才是『白』，而那些滿口正義的才爲『黑』。」黑術士繼續說道：「比申惡鬼王同意了我王偉大的宏觀，成爲世界革命的強力巨刃，殊那律恩惡鬼王怎麼說？」

下意識地，我偷偷看向被點名的鬼王，後者抬起手遮掩臉部，很優雅地打了個賞心悅目的哈欠。

「這千年來，我王極度信任我，將對外的征戰事務全權交付予我，就此看來，黑暗同盟想要威脅利誘我等結盟，用這種陣仗與說詞，似乎太小看了我們一點。」張開手，萊斯利亞周身轉出黑色邪火，跳動的深暗火焰之中蘊含著某種似乎會吸人目光的力量。我看了幾秒發現自己居然腦袋一片空白，覺得有點不妙馬上轉開，接著就聽見邪火貴族的話，「不用等待我王答案，現在便可回覆黑暗同盟，吾王的意思是：全部滾蛋，有多遠滾多遠。」

看來萊斯利亞傳達的一定是通俗又簡化的版本，避免這些黑暗同盟太腦殘聽不懂意思。

「不是只說了一個『滾』字嗎……」殊那律恩有點咕噥的喃喃自語飄進我的耳朵裡面。

原來是增字的複雜化版本嗎！

這年頭當個傳話人也不簡單啊，爲了怕敵人聽不懂，還要把一個字增擴成一段話，眞是辛苦他了。

萊斯利亞的話說完，下面鬼族立刻轟然起了騷動，估計是談判破裂，鬼族瞬間便發動進攻。那些黑術士上方直接炸開好幾重黑色術法，層層疊疊，每個力量都強到可怕，還帶著令人絕望的恐怖氣息，像是死亡蔓延般在空中快速擴展開來。

「所以說，速成的黑術士令人感到厭煩，術法這種東西，如果不是像小殿下般天資聰穎，就是必須靠漫長的時間與經驗累積。如你們這樣吸食彼此記憶，互通不成熟的咒術，即使記憶再多，依然未完善，殘缺的部分依舊殘缺。」踩踏腳下的黑色火焰，萊斯利亞慢慢走上空中，一點也不將那些黑色術法放在眼中，就在他越走越高時，城牆外圍無聲無息打開了許多黑色法陣，像是花朵一樣一片接著一片，綿延不絕地擴展出去，如同壁壘般固守在外圍。暴動衝出的鬼族大軍前鋒還來不及意識到那些是什麼陣法，直接一頭撞上去，眨眼瞬間竟然變成灰燼，黑色的屍灰反向飛散回去，灑得後面繼續撞上的鬼族滿頭滿臉。

「爲了歡迎客人，就讓你們見見眞正的黑色陣術吧。」

隨著萊斯利亞的話語，第一道紫黑色雷光從沉重雲層打了下來，劈上黑色同盟上方的陣法，瞬間擊潰很大一部分咒術，原本正在轉動的符文像是積木般散落開來，凝聚的惡意力量馬上從缺口中傾瀉。

「我爲殊那律恩鬼王隨側的黑之眷屬，邪火貴族萊斯利亞，擁有闇域深炎的邪火將軍，同時也爲王城首席黑術師。進犯的敵人們，你們對於我，毫無威脅。」漫天紫黑色雷電在雲層中不斷轟隆隆奔馳，萊斯利亞露出了嗜血的笑容，「螻蟻就該成爲螻蟻，當你們的塵灰成爲我們領土一部分時，踩踏著你們，我們還會感謝你們用己身塡滿那些路邊過小的崎嶇不平。」

下一秒，大量狂雷轟炸下來。

城牆外的大軍瞬間被黑色火焰覆蓋吞噬，根本來不及逃逸的鬼族和黑術士們被火舌纏繞身體，掙扎扭曲在黑火中淒厲慘嚎，宛若地獄一般的恐怖場景直接上演。

「做出最後的貢獻吧，再也無法回頭的悲慘存在。」

燃燒中，還短暫維持了些許時間的黑術士發出咆哮，像是要在生命最後用這些話對整片領土挾恨詛咒。

「殊那律恩惡鬼王，裂川王向你問好！」

「你沒有忘記裂川王給你的疼痛吧！」

「你遲早會再被撕裂！」

萊斯利亞一揮手，火焰完全吞噬那些最後話語。

城牆外的鬼族大軍眞的被燒成灰燼之後，我們所見的景色也慢慢淡去。

四周再度恢復成大殿的寂靜景色。

當然，萊斯利亞連結的現場對話也已經拔除，變得超級安靜。

有短暫幾秒，大殿裡完全沒聲音。

我有點疑惑那些黑術士最後的話，讓人完全搞不懂意思，只能猜大概是黑暗同盟那個囉嗦的裂川王可能以前某程度上噁心過殊那律恩鬼王，或是他們曾有過接觸吧？這部分估計要找個時間偷問看看學長了。

「真正的黑術師果然令人害怕啊。」夏碎學長雖然微笑著，但臉色看起來不太好，不知道是因爲身體的原因，還是萊斯利亞下手的狠毒凶殘，又或者是那種壓倒性的力量太過於可怕，震驚到身爲白色種族的他。「幸好先前在守世界中的黑術士並沒有這麼強大。」

不不，其實也很強大了好嗎。

想想當時還讓大家傷腦筋了呢，要不是重柳族出手幫忙，我們大概都得吃癟。可是話說回來，爲什麼這裡的黑咒術對峙好像沒有那麼麻煩？先前看千冬歲他們好像很苦惱啊？

我想了想，反正現在滿安靜的，就很直接地把疑惑提出來，果然得到學長的白眼一記。

「那是因爲，白色種族原本就與黑色力量相斥，對抗黑暗和咒術當然就會很麻煩，而且無法吸收。但是在同等條件的邪惡種族當中，像萊斯利亞這種存在，不但不怕惡咒，反而還可以吸收對方成爲自己的力量。在一樣的條件之下，比的就是力量碰撞而已，誰的咒術力量強，誰就可以擊碎弱小的那方。」學長沒好氣地說道：「就像你拿水之力去攻擊伊多他們，他們也可以把你的水轉化爲自己的，反過來把你揍一頓，可是當你使用了黑色種族的力量，他們就無法隨心所欲利用那部分，一樣道理。」

喔我大概懂那個意思了，但是我不想被伊多他們揍一頓就是。

總之還是種族力量相斥吧，才會惹出這麼多麻煩。

「萊斯利亞更勝這些黑術士還有另個原因。」賽塔笑笑地加進了我們的談話，「戰爭之前，萊斯利亞便已經是相當優秀的精靈術師，雖然遭到黑暗吞噬令人惋惜，卻也令他成爲了頂尖的黑術師，千年來這裡能保有寧靜，大多歸功於萊斯利亞的邊界守護。」

「得到您的稱讚眞讓人受寵若驚。」

略冷淡的聲音傳來，正在被我們談論的黑術師從通道中走進來，「但本次是因爲佔盡地利，領地千百年來設置的術法防禦並非虛有，而眞正守護領土的爲我王，擊退所有鬼王與妖魔的也全是我王，若不是因爲他的存在，我們已經成爲絕望的生物，摧毀珍愛的美好一切，無法用另外一種方式來守護。」

「這裡是所有人一起守護的，沒有分王或任何存在。」殊那律恩飄過來一句：「你不想令亞那失望，至今都做得很完美。」

萊斯利亞勾了勾唇角，看起來不是冷笑，而是比較柔和的微笑。很快地他又收起笑容，恢復硬邦邦的冷酷表情，「不知道我王再次召我過來有什麼吩咐？」

像是想起來還有事情，殊那律恩停頓了下，然後指指躺在旁邊的重柳族，「有些麻煩的年輕孩子，直到亞和老師等人離開之前，他都得留在不會被時間外族及其血脈探索到的空間裡，如果可以，順便把他身上的追蹤清一清。」

「明白了。」萊斯利亞走上去，直接把重柳族像米袋一樣扛起來，瞬間消失在我們面前。

所以說……應該不會把他給喀嚓吧！

雖然知道這裡的鬼族不是壞人，但我還是滿擔心落在他們手裡的人啊！

「再來，就是你了。」

我還在想重柳族的事情，所以沒預料到鬼王竟然眨眼出現在我面前，那張蒼白的臉靠得太近了，直接把我嚇退好幾步，連驚叫都沒發出來。

「大量的守護與抑制，雖然出發點都是爲你好，控制了你在白色種族中的力量，卻也無法如常發揮……嗯？亞也有份啊。」殊那律恩的臉繼續在我面前放大，雖然很美，但是靠這麼近還眞是超級嚇人。

「這傢伙百分之百沒辦法克制自己的情緒和力量，不下點工夫，他就活不到現在了。」學長噴了聲。

「嗯……山王莊？」端詳著我，鬼王口吻有些意外，「這是……摩利爾嗎？」

「咦？你認識他？」我也跟著意外了。

「事實上，普列爾半個月前才從此地返回守世界，山王莊借用此地渾沌紅泥栽培數種劇毒藥草，摩利爾也爲我們提供幾款配方，藉此緩和扭曲帶來的痛苦。」從我臉上移開視線，鬼王走往學長旁側，「你的抑制過於繁雜，彼此牽制造成部分不必要，我和老師能夠在此地將你身上所有術法一次清空，讓你重新浸染黑色力量，接著製作新的抑制守護，這需要些許時間。」

「呃，會連妖師首領的術法也清空嗎？」猛地想到了然那個凶惡的詛咒，我抖了下，這個清掉不知道會不會被然記恨。

「說清空，自然全數消除，妖師首領又如何，不過是帶著陳舊記憶的孩子。」鬼王的語氣有些不以爲然，「哼……若不是因爲亞那……」

啊！我忘了！就算是鬼王，他也曾是精靈族的一員！掛掉的是他弟弟……我靠！他如果因爲祖先的事情記恨我，要怎樣對我動手腳、讓我亂七八糟地死都是妥妥的啊！

如果不是因爲打祖先是不好的行爲，我現在眞的想再回去打一次我那個笨蛋祖先。

「亞那的選擇我們都很清楚，即使將他的遺體送回之後，萊斯利亞曾經想火燒妖師一族，然而也並未付諸實現。」鬼王有點感嘆。

……原來還眞的有想過要報復是嗎！

我抖了一下，深深覺得妖師一族能存活到現在還眞是萬幸。

「那麼，另外一件則是……」

回過神，我看見如此低喃著的鬼王已經站在夏碎學長面前。

下一秒，直接朝夏碎學長的脖子咬上去。

鬼王咬人的動作非常突然，突然到連夏碎學長都沒反應過來。

應該說，沒有人會預料到鬼王一言不合就咬人啊！誰會想得到令人畏懼的恐怖鬼王會連個招呼都不打，張嘴直接咬別人的！

別說是夏碎學長，就連學長也愣了好幾秒。

這冰牙二王子的屬性是狗還是貓嗎？

就在我們集體錯愕之際，鬼王大概是咬滿足了，直接退開身體，還舔舔嘴唇上的暗紅色血液，接著用袖子擦一擦，又變成本來的黑暗優雅。

有點愣住的夏碎學長反射性捂著自己的右頸，少量血液從指縫蜿蜒而出，他還有點不知所措，看來內心受到的驚嚇也不一般。

嗯，這畫面如果被千冬歲看見，他可能也不管對方是不是鬼王了，直接撲上去先咬死鬼王再說。居然膽敢咬他哥什麼的，打不贏你也要咬回去之類的。

「那些留存在血液中的黑色毒素大致上已經吸食掉了，不過攀附在骨肉與靈魂當中的，仍然必須適當地調養，但應該已經讓你往日七成的力量能回歸使用。」鬼王好像沒看見我們全都傻眼一樣，很自然地說道：「可能會有些貧血，散布在血液中的毒素不少，所以多吸取了些盡量清除，多吃點補血的東西吧。」

「謝、謝謝您。」真的被嚇到的夏碎學長停頓了下，過了幾秒才繼續說道：「雖然是鬼族之軀，但那些毒素不會影響您嗎？」

「毫無威脅。」鬼王冷笑了聲，「對於白色種族而言，這些毒素會令你們如同陶瓷娃娃般脆弱痛苦，但對於我而言，這些什麼也不是。」

「……我還以爲是要用淨血。」學長咳了聲，大概也很意外鬼王會咬人。

「這樣比較快。」殊那律恩很理所當然地回答：「雖然有些傷身，不過你們的身體底子都很好，多補充營養，很快就能夠恢復。」

這發言怎麼有點讓我回想起捐血一袋救人一命什麼的。

「而且淨血很痛苦。」轉過身，鬼王淡淡飄來話語，「像亞那如此嚴重，吸食壓根無法徹底根除，反覆的淨血讓他直到最後都異常虛弱……你的朋友還不須如此，讓白色種族以時間慢慢治癒他，會好起來的。」

「所以，您眞的可以控制黑暗扭曲及毒素的影響嗎？這是否意味著遭到扭曲的生命能夠重返世界？」放下手，夏碎學長看著蹉步走回王座之前的鬼王。

「我所做的，是將尙未啃食骨肉靈魂的邪惡與毒害吞食到我的身體當中，以及保護尙未扭曲的靈魂與意識，令他們不至瘋狂沉淪；已成爲黑暗一員者，無法反逆，只能緩解變化。」鬼王動作優雅地靠坐在王位上，直視夏碎學長，「有許多白色種族、甚至醫療班都搞錯了一點，他們認爲是黑暗覆蓋了靈魂令其永恆扭曲，一旦扭曲定型便無法救助，然而卻不是。」

「遭到扭曲的生命變形之後，實際在短暫時間內還保有著微弱的靈魂之火，只要讓靈魂清醒過來，不服從黑暗，不屈於恐懼，堅持信念與希望，便能夠阻止自己繼續變化，雖然很殘酷，但這樣能夠以黑暗的體態存活下來，控制自己不瘋狂，不傷害生命。」

「也就是說，遭到扭曲的靈魂如果無法清醒，就會一直沉淪，直到成爲完全黑暗的鬼族嗎？」夏碎學長思考了下，繼續提問，「最終讓他們成爲眞正的黑暗，是來自於己身的墮落與瘋狂嗎……？」

殊那律恩勾起唇角，回答：「沒錯。扭曲成鬼族代表的是成爲黑暗的邪惡生物，除了靈魂服從邪惡的墮落，便是像你這樣遭到污染，身體與靈魂抗拒不了邪惡，過於痛苦屈服於毒素與詛咒。前者無藥可救；後者能選擇繼續恐懼墮落，或是在黑暗中甦醒，接受自己變化的事實，重生爲新的生命種族，如同妖魔般進入黑暗世界。在這片領地上居住的鬼族大多如此，他們犧牲了自己進入獄界，免去大量災難，也將生機留給大地生命。」

「所以，鬼族有靈魂嗎？」不自覺地，我突然將以前不知道在哪裡問過的問題脫口而出。

鬼族，是被詛咒的黑暗生物，他們不會有安息之地，不被任何神靈祝福，死後會完全潰散，連一絲痕跡都不會留下，這是……大家都知道的事情。

空氣，戛然安靜下來。

「殊那律恩的靈魂從未消失過。」柔和的聲音打破了僵冷的空氣，賽塔溫柔地看著我，輕輕開口：「從初始至現在，即使血脈骨肉都已成爲黑，但白色靈魂的生命之火未曾熄滅。萊斯利亞也是如此，在這裡居住並聚集的鬼族們皆是如此。」

擁有靈魂的……鬼族嗎？

被染黑扭曲，白色的生命異變成連妖魔都不如的黑暗，但是與沒有靈魂、被詛咒的邪惡鬼族不同，他們的靈魂依舊在顫動。

那麼，他們究竟是什麼？

看著高高在上的鬼王，我突然打從心底感覺到恐怖。

一位原本地位崇高的精靈二王子，被浸染爲黑，即使成爲了詛咒之鬼，卻還保存著良善的靈魂，千年來如此，那究竟是什麼感覺？

恐懼？憎恨？無力？痛苦？

是不是，會生不如死？

「太久了……已經，太久了，連痛苦都習以爲常。」

殊那律恩鬼王看著我。

「我們，只剩下麻木了。」

那瞬間，眞的不知道該對他們說些什麼。

雖然這麼久以來，遇見了各種各樣帶著身不由己的人，可是每次再碰到，還是不知道該說哪些話。

也或許，什麼都不該說吧。

「你問起這樣的事情，果然是想知道，該怎麼從黑暗中重新喚起靈魂意識吧。」在我糾結時，鬼王平靜得好像什麼也沒發生過似的，望著夏碎學長說道：「對於曾是精靈的我而言，這並非難事。白色種族時期，這是我們與生命溝通的先天力量，墮入黑暗之後並無改變，邪惡更容易觸碰靈魂與恐懼，交談也遠比先前更加輕易。然而，未必所有種族都有這樣的天賦，也不一定能夠完全學習這等能力。」

「我明白您的意思，藥師寺家族雖然不是以靈魂溝通見長，但就算學習到的僅能發揮很小一部分，還是能夠協助很多被傷害的人吧。」夏碎學長非常認真地與鬼王對看，語氣誠懇。「如果要在冰炎身邊向前行走，甚至幫助他去做他想做的，這都是必須的學習，甚至該比這些要多很多，不是嗎。」

「……在這裡的期間，你可以隨時來找我學你想學的一切事物，能瞭解多少，就看你的本事。」殊那律恩將目光轉向學長：「果然你是盤算好才將他一起帶來的。」

學長聳聳肩，「我什麼都沒說。」

「嗯，不過在這裡所學的，出去皆要保密，這是爲了你們好，現今的白色種族世界還不一定能容忍公會的人向惡鬼王學習。」殊那律恩也說得很坦白，「最起碼不會如妖師被燒女巫這般友善。」

夠了喔，不要偷讀我的記憶！

而且我才不是因爲妖師的關係被燒好嗎！

吼！就不想去回憶這個事情！一想到回去還要接受公會的攻擊就覺得頭痛！

「燒不死的，別緊張。」

鬼王竟然還給我補上這句話。

我可不是因爲你是鬼王才不反駁的喔……

「別嚇他了，公會那邊的事情，回去之後我會處理，不會眞的被架上去燒。」學長大概是看夠了我最近的心驚膽戰，有點沒好氣地橫了我一眼，「先抓緊時間把重要的事情做處理吧，我們也不能在這裡逗留太久，雖然泰那羅恩知道我們在這裡，但是其他人不知道，還是得快點返回冰牙族才行。」

也是，黑小雞和千冬歲如果知道我和夏碎學長現在正在獄界、惡鬼王的面前，恐怕會大抓狂吧。

「嗯，那就現在……」

「等等。」硬著頭皮打斷鬼王的話語，我在眾人的注視下，不得不先轉向從一開始就很介意、那個隱身在王座後頭的黑色物體。不管再怎麼看，那東西也不至於被忽視吧，我都發現了，到底爲什麼學長他們好像沒看見一樣。那眞的很難忽略存在啊，如果不先問清楚，我放心不下去，因爲個體太龐大了，已經比我先前見過的還要大，竟然是個成人的模樣。「我想先搞清楚，後面那個，如果我沒有感覺錯的話，不、我應該是沒有認錯……無論如何，站在後面的那一位，果然是陰影對吧？」

打從一開始進來，我就感覺到了熟悉的黑色力量。

比起湖之鎭那時封印的，這裡的黑暗顯然更爲巨大，而且形體穩定，完全不像先前那樣很不穩，似乎隨時都會因爲封印破解而失去控制。

站在王座之後的黑影，不論形體或者力量，都遠遠超過那時候跟著我的烏鷲。

殊那律恩笑了起來，蒼白的臉上出現令人不安的美麗笑容。

「還以爲，你不會問了。」

「所以，那眞的是陰影嗎？」

我看著黑色的影子走出陰暗處，慢慢出現成年男性的輪廓，隨之而來的冰冷氣息在大殿中擴散開來。

「沒錯，正是陰影。」

鬼王看著我，「毀滅世界的武器，規模遠遠超過你先前所接觸，只要有意願，我們隨時能夠顛覆白色世界，這也就是黑色同盟想要我們的原因——即使他們還沒猜出這是什麼存在。」

「那麼，你想如何？繼承了力量血統的妖師後人？」

# 第四話　黑暗的起源

我想如何？

老實說，我完全沒想過這問題啊！我只是看見有個陰影，然後好像完全沒有人覺得奇怪一樣，讓我感覺很不對勁才提出來問問……我還能怎樣。

難道我能撲上去直接把對方封印嗎？

別傻了，還沒撲上去就先被鬼王封印了。

仔細端詳著已清晰可辨識容顏的陰影，是個成年男子的樣子，身形高大，可能與黑小雞差不多、或是更高一點，黑色短髮與棕黑色狹長眼睛，銳利到像能殺人的眼神，面部輪廓深邃，像是很有型的大酷哥一個，只是面色陰鬱，一絲表情都沒有，而且還感覺有些不友善，再加上他一身黑漆漆的衣服，給人的感覺就更加生人勿近了。

完全就是一個自帶關門放狗氣場的陰影。

我幾乎瞬間確定了這個陰影肯定就是船上那幅畫裡面的陰影，那些畫完全不意外就是二王子與陰影的記事圖。

只不過，二王子爲什麼有能力可以帶著陰影這麼久？那些畫的年代並不近，起碼有數千年了，就算他是鬼王，怎可能攜帶陰影這麼久的時間不被影響？而且我記得畫上疑似精靈的人，是和三王子很像的外表……我是指色系，上面的是銀髮銀眼的精靈，與現在鬼王黑髮紅眼的差異很大。

沒記錯的話，黑小雞說過時間可能比種族戰爭還久……那是三千年以前？

「並沒有那麼久遠，雖然時間彷彿昨日。」鬼王悠悠哉哉地打斷了我的思考，然後勾起一縷自己深夜般漆黑的髮絲，「正確來說，戰牙上的圖是在種族戰爭之後、精靈聯合戰爭之前，夜妖精誤以爲自己同族並無留存，但是那時我們遇見了最後一批，當時他們正與其他混合種族被黑暗污染的島嶼蠻人追殺，戰牙經過時想要救起殘存的人們，我們也正好從那裡路過，協助了戰牙，讓剩餘活口能夠順利脫逃。可惜的是星楓林夜妖精即使在那次獲得最後延續下去的機會，也在幾年後被偏激的白色種族發現，進而遭到滅族。」

「那是怎麼回事？」畫上的少年精靈那時候還是王族精靈，爲什麼當時就已帶著陰影？我看著鬼王與站在他側邊的男子，發現自己越來越搞不懂了。

「當時，我與『深』……是的，就是這位陰影的名字，他挑了好久才選了這字作爲他的稱呼。我與陰影走過許多地方，在我們最後的時間中儘可能地收集了許多世界上的回憶，也在此時發現了邪惡存在意欲在敗戰後霸取一處偏遠小島，在上頭進行恐怖的大型轉化，遺憾的是轉化已經完成，我們到達時大部分生命靈魂早已被絕望吞噬，只剩下極少數躲過一劫的人們，最終只能摧毀整座陷入黑暗混亂的島嶼，令她永遠消失在歷史之中。」鬆開手，鬼王看著在空氣中落下的黑髮，說著：「那時我確實還有著精靈之身，才會以那種型態被繪入圖中。」

不，其實我想問的不是這個。

殊那律恩肯定明白我想問的是什麼，只是沒打算特別挑明說出來。

我想了想，還是把重點放回陰影身上好了。

就如同我重新打量他，一臉好像全家都被欠錢的陰影也帶著深沉的目光看著我。

沒錯，烏鷲當時的力量感與這個「深」完全沒得比，站在鬼王邊上的陰影力量非常深沉，可能是我修行太淺，根本看不出來他的底在哪裡，隱約可以感覺出的就是一個巨大的超濃縮陰影。如果那天的烏鷲花了好一些時間才染黑了天空，那這個陰影肯定可以在眨眼毀滅整個艾里恩的領土與城鎮，連阻止的時間都沒有。

如果當時遇上的是這個陰影，我們有辦法制止他嗎？

猛地反應過來時，我才覺得我好像出了冷汗。當時觸碰到陰影全身而退時還想說自己可能也沒那麼差，然而現在才知道原來只是運氣好，接觸到的烏鷲並沒有如此成熟。

「湖之鎮封印的陰影確實沒有你想像中的那麼大，當時我也讓人去計算整座封印的規模，似乎還有些地方並未被發現，不過現在還是別再向下探索會好些，雖然已經沒有其餘陰影存在，但被封鎖在更下面的也不是好東西。」鬼王微微瞇起眼睛，盯著我看，莫名有種貓看著老鼠的感覺，「不過總有一日，它依然會被開啓，不是嗎。」

所謂的那日，八成就是黑暗種族崛起的末日吧。

「那些事情等到以後再說吧。」

打斷了我和鬼王之間的黑暗溝通，學長開口：「防範的工作就交給專家去處理吧，在這裡即使發生什麼也無法插手，先從眼前該做的事情做起吧。」

「也是，就從現在開始做吧。」鬼王思考了下，再次把目光擺在我身上，不知道爲什麼，我總覺得這次好像有點什麼不太對的感覺。「雖然今日的訪客眞的挺多的。」

幾乎在說話結束同時，我腳下猛地一空，整個人毫無預警瞬間下墜，連個尖叫的時間都沒有，周圍立即陷入整片深沉的黑暗。

沒有預料的摔成十八段超級骨折，或是被什麼陷阱戳穿，連超級長的啊啊啊啊啊啊啊啊都來不及補上，我突然又在空中狠狠地煞住落勢，完全懸空於黑暗當中，七葷八素地回過神來，什麼也看不見，四周還是詭然的黑暗，看不到地面，也看不見周圍環境，連自己掉下來的上方開口在哪邊都看不到，眼前所見的就是黑。

搞不好閉上眼睛也沒差別呢！

所以我打算先逃避現實地閉上眼睛。

才剛閉上眼睛，後腦整個一痛，我反射性抱住腦袋，很悲傷地睜開眼睛，竟然看見學長不知道啥時已經站在我旁邊，難道他掉下來就不會啊啊啊啊嗎！一點聲音都沒有！

就算你是學長，好歹也來次啊啊啊啊的畫面吧！

學長默默地舉起拳頭。

「對不起我什麼都沒想，眞的！」雖然不知道空中還有什麼東西，我還是努力扭動身體，飄離學長一小段距離，以免在半空中還要被暴打。

欸不對，等等……

我放下手，有點狐疑地盯著學長看。

不知道是不是我的錯覺，學長竟然微微在發光，而且還是整個腦袋都是銀白色的頭髮，這畫面有點眼熟……精靈型態？

有人一摔坑就把自己的精靈型態給摔出來的嗎？

「因為這裡不是坑啊。」

略帶冷漠的聲音從後面傳來，我轉回過頭，看見另一個學長……應該說，鬼王慢悠悠地從黑暗中走出來，而且也是那種會讓人驚嚇的精靈型態。

銀白色長髮，身體發光，嗯，真的是標準的精靈型態。

鬼王的二段式切換嗎？

我突然明白那幅畫是怎麼回事了。

「這是精神世界！蠢！」

學長又往我腦袋揍了一拳。

我靠！精神世界還這麼痛的嗎！

欸等等，所以這意思是……

「現在開始，我們的意識是半連繫的，我們可以取得你的想法與記憶。」白色版的鬼王這樣告訴我。

喔耶，這表示我也可以偷窺學長的腦袋在想什麼了嗎！看我還不趁這個機會也讓學長試試看天天被偷聽的滋味！

「然後你無法取得。」鬼王補上這句。「你太弱了不會控制精神交流，悲嘆吧，少年。」

……人權呢！

我不玩了！你們這些竊聽鬼！

「如果你真的很想連接別人的思考，也不是沒有方法。」殊那律恩似笑非笑地開口：「畢竟是妖師，若是有那個心與力量還是能夠很快學會，只是你還太弱，無法承擔，至少現階段無法，那必須要有極為強大的力量與清晰的頭腦，才能夠承受他人的思想與記憶而不被動搖，這與你先前經歷過的夢連繫不同，稍一不慎，很快便能返回主神的懷抱。」

說起來，夢連結和這個不一樣嗎？總覺得夢連結也是這樣的模式啊。

「夢連結比較沒那麼危險，雖然也是入侵意識。」學長嘖了聲，「但是這種是直接連繫相關者的靈魂意識，如果有一方反彈，那連繫的人很可能會受到嚴重的創傷。」

也就是我現在反彈拒絕，你們就會受傷嗎？

「不，精神連繫比的是誰的精神力量強大，我們兩個會沒事，你會掛掉。」學長很直接地告訴我殘酷的現實。

感覺到淡淡的哀傷。

算了，還是別提這個了。

不過只是要弄個解除封印什麼的，爲啥要大費周章跑進這個好像會死人的精神世界啊，如果沒有特別狀況正常應該用個夢連結之類的就行了吧。

「就是要整理你的封印，所以才得這樣用，靈魂意識連繫可以直接知道你內部狀況。」學長嘖了聲，「而且再怎麼保護周到的地方還是可能會被人趁隙而入，這樣就萬無一失了。」

「……所以你們要用這種萬無一失的方法做什麼？」我越聽越不對，按照他們說的，他們是想要幹什麼才得確保這個萬無一失？

「做掉你吧。」學長非常順地接話。

我認眞的啊大哥。

不知道爲什麼，殊那律恩突然笑了一下，沒有之前那種冷漠感，是眞的很平常地笑了笑，那個表情簡直……就像眞的精靈在笑，瞬間我就想流個口水多看兩眼，可惜他很快就板起臉，變回原本冷淡淡樣子。

「開玩笑的，除了不想整理術法時被打擾以外，術師很常使用這種方式溝通，而且能夠一邊處理現實的事情，邊聯繫精神同時處置，這對高階術師來說很平常。」

學長隨口給我的解釋，讓我突然想起好像之前有誰也這樣用過……啊，重柳族貌似有次就是這樣，還一邊教哈維恩他們用古代陣法，看來他真的是個很厲害的術師，可惜被殊那律恩像小雞一樣揪了出來。

唉，人權啊……

咦，那賽塔不用進來嗎？

「我正與老師在外面做準備，換個地方較好清除這些守護術法，老師在外頭比較好。」殊那律恩算是友善地有問必答，「雖說不造成威脅，但畢竟還在交戰期間，做法穩妥些對你們而言較安全。」

邊這樣說著的時候，二王子身邊浮起了淡淡的光點，很快便驅走黑暗，我們所在位置也轉為一片白色草地，帶著些溫暖的柔和光線，讓人可以放鬆下來。

正思考著他們要怎麼處理時，草地上開始轉出了銀白色的圖騰及藤蔓般的優美線條，接著上頭纏繞出黑色的詭異符文，一點一滴染黑原先漂亮的銀白陣法，交織成更大一片夜色法陣。

「會請你進來連結精神還有另外一點。」殊那律恩看似專心地布置術法，然後說道：「有些話，在外面不方便談，對你而言、對亞而言，還有……對深而言。」

「！」

黑色的身影從二王子身後走出，赫然就是那個高濃縮的陰影男子。

「我曾經與亞有過約定，有些事情必須等到他首次成年與契機到達之後，才告知予他，以及他所信任的同伴。」

雖然二王子這麼說，不過我覺得那個同伴指的應該不是我吧。

「抱歉，來晚了。」

「同伴」的聲音從後方傳來，我轉過頭，看見夏碎學長悠悠哉哉地朝我們走過來。

我就知道，怎麼可能會少了夏碎學長，不過他怎麼現在才出現？

「這件事稍後再說吧。」夏碎學長朝我勾起唇。

……

……

握草，又來一個可以竊聽的。

我摀住腦袋，這次眞的虧大了！

「所以叫你廢話不要那麼多。」完全沒有同情心的學長竟然還直接往我腦袋上甩了一巴。

「不過眞不愧是殊那律恩陛下，連結非常穩固，這種規模讓人望塵莫及。」夏碎學長似乎心情很好地左右看了一會兒後，把視線留在地上的黑色陣法，才有點捨不得地收回來。「如果不是因為時間不夠，真想在這裡多留一段時間。」

「待你們身體都養好之後，有機會的話，再另擇時間來學習吧。」殊那律恩淡淡地說道：「那麼，我一邊幫妖師的後人調整，亞你想知道哪些事情，一邊發問吧。」

……是這麼隨意的狀態嗎？

我還以為要解開我身上那堆東西，要十分專注，一個不小心還會有危險呢？

「有我在不會有危險。」殊那律恩很霸氣地朝我扔過來這句。「你們隨便聊天就好。」

這也太隨便！

氣氛呢？

緊張呢？

進到這種地方不是應該要很慎重小心的嗎？為啥現在好像開啓了閒聊模式？這樣真的好嗎？

夏碎學長突然笑了下，用很了然的表情看著我，「冰炎說過你的思考其實轉得很快，果然沒錯。」

……

……

學長你！爲什麼！連這種事情也要分享出去啊啊啊啊啊啊啊啊啊啊！

我抱著腦袋，眞的想哭了。

「吵死了。」

學長直接白了我一眼，接著轉頭，完全沒有自己是加害者的意識。然後他轉向安穩站在原地的二王子，精靈白的鬼王身邊現在又多了幾個黑色陣法。他想了想，朝殊那律恩開口：「當時在這裡雖然只有度過幾年，不過很多事情還是有所疑問。」

「關於亞那？」殊那律恩微微勾起唇，似乎不論對方詢問什麼他都不會意外。「二王子早已不在冰牙族，他與我相處時間並不長久，怎麼會有把握走進黑暗領土不會遭到傷害？」

「這倒不是，父親說過雖然二王子早年因爲散步失蹤多年，不過後來根據黑暗之王的傳聞，以及您留下來的許多事蹟和爛攤子，他還是能夠猜到這裡是安全區域，當然就會將被侵蝕的兄弟們帶過來，所以這不是我的問題。」學長很鎭定地回答，好像不覺得他剛剛所謂的爛攤子似乎哪裡怪怪的。「我是想知道關於你與陰影所有的事情，這樣對於往後我在處理『那些事』時，才會比較方便。當年你們什麼都不告訴我，父親也不太清楚，現在應該是時候了。」

二王子明顯沉默了半晌，「現在的世界並不須要你一一去重拾過往舊事。」

「由誰起的頭，便由誰來結束。」

學長說了一句讓我覺得有點奇妙的話。「不管過去多少年，誓言與約定依然存在，不會因爲時間與生命的消失而更改。」

「……你這執著個性也眞像亞那，父子一樣死心眼，亞那當年就是這樣才會吃虧。」殊那律恩搖搖頭，原先的精靈白外表開始逐漸染黑，帶上了身邊陰影的詭異氣息，「既然答應過你，那麼就讓你們去看看吧，連同妖師的後人，或許在那條黑色的道路上，你們能夠找到自己應對險惡的方法。」

呃，所以我們到底是要聊天還是要整理封印還是要去什麼地方？

我越來越搞不懂現在要做什麼了。

「簡單來說，就是抓緊時間，全都做吧。」

二王子丟來了這句話，我一時沒反應過來。

下一秒，我就摔在一片草地上了。

※

當時，其實我眞的沒有預料到殊那律恩惡鬼王會這麼大方。

照理來說，被窺探記憶什麼的，就算是最親近的人也會覺得很討厭，更別說是外帶兩個陌生人，被知道私事的感覺基本上應該很不舒服。

所以趴在青翠草地上時，我還眞的沒有意識過來是怎麼回事，直覺以爲自己又被傳到什麼奇怪的地方去。

初生的青草嫩芽柔柔軟軟的，還帶著清新舒服的淡淡香氣，上方灑落下來的陽光溫暖而不燥熱，才剛曬沒多久就讓人覺得全身暖洋洋，有點想放棄思考，直接這樣趴著睡下去算了。

欸不對。

所以這是哪裡？

正想著學長和夏碎學長到哪邊去的時候，「我」突然先有了動作。

輕巧地翻起身，動作輕鬆到根本不像平常的自己，而且連身體主導權都不在我身上，彷彿這是別人……好像眞的是別人的身體。

隨著動作，銀白色髮絲在身側飄過，有些透明，好像陽光可以穿透一樣，感覺異常飄逸。

一小片葉子跟著頭髮飄落下來。

這是殊那律恩過去的記憶。

不知爲何，腦袋裡平空灌進來這個想法，好像是有人刻意提醒我讓我好快點進入狀況，所以我整個人震驚了。

直接看鬼王的記憶什麼的簡直驚悚。

聽他之前和學長的對話，明明就是學長想問過去的事情而已，怎麼一言不合就讓別人親身體驗回憶錄呢？

更別說還有兩個是他今天才第一次見面的人啊！

這膽子眞大啊！

看來鬼王完全吃定就算我們有心害他，也對他造成不了什麼影響才會這麼輕易地大放送。

也沒有管我要震驚還是要震撼，這個記憶的主人已經自己開始行動了。

原先以爲記憶的身體是如同鬼王一樣的成人精靈，但等到他爬起來之後，我才發現，這個「二王子」根本是少年的體型，手腳什麼的還比學長短一點，搞不好比我矮不少。

如果可以看見整個人的模樣，估計外表八成只有十四、五歲，與那些壁畫恐怕更相近。

學長想問的到底是什麼？

「二王子殿下。」

我──「殊那律恩」自草地起身後，附近傳來優美的聲音，一聽就知道是精靈們的叫喚，既輕柔又舒服，如同歌唱一般的嗓音。「按照您的意思，已經將附近城鎮的守護術法統一改正，遭黑暗術士襲擊所出現的漏洞完整修復，請您安心。」

「嗯。」精靈少年點點頭，並沒有像其他精靈一樣說出各種星星月亮的話語，顯然來報告的精靈也很習慣，所以沒繼續裝飾句子，很簡單地又報告了下城鎮狀況，過一會兒後就退下，瞬間消失在附近樹群之中。

聽著精靈的報告，好像是附近發生過小規模戰事，精靈們因為與這邊有通商往來，所以協助擊退了黑暗術士，接著由年輕的二王子爲首，帶領精靈們修復了城鎮的守護結界，如果我沒有猜錯，這個時間點已經是此次任務的收尾了。

靜下心後，我注意到隱約可以與年輕王子的思考同步，所以我就老實地放鬆自己，慢慢安靜觀看起這段記憶──

對於這種事務幾乎已習以為常，二王子站在原地發怔了半晌，接著頂著舒服的陽光，直接在腳下展開精靈族特有的傳送術法。

草地與森林的背景轉眼散去，取而代之的是白玉與寒冰雕砌而成的巨大空間——冰牙族的議事大廳，中間有著雪瀑一族精心細琢的凝冰圓桌，至少能夠坐上數十名精靈。戰事激烈時，各族若在此地開會，圓桌中心的光滑冰面會隨著精靈們的意識，變化出各式各樣的地圖與立體城鎮、軍隊，甚至是山山水水的各種地形樣式，足以讓精靈將領們好好討論。

這也是沒有辦法的事情，這個年代，種族們並未攜手合作，更別提數百年前才爆發過激烈的戰爭，黑暗趁隙席捲大地，直到現在世界都還沒完全恢復過來，時時刻刻都能聽見各地還有殘留的黑暗物質與邪惡襲擊的大小事件。

然而，現在議事廳內空無一人。

殊那律恩想了想，覺得自己應該又在恍神中把自己傳錯位置了，兄長已經說過幾次叫他別在傳送時放空，上回好像才不小心掉在精靈王的寢室裡，直接準確無誤地砸在正與世界意識交談的精靈王身上，硬生生中斷了精神連繫。

幸好精靈王也不太在意，就是拎著這個經常放空腦袋的兒子後領，然後提到外面走廊放生，再安靜優雅地當著兒子的面把門關上。

「那亞。」

帶著些微笑意的聲音從議事廳門口傳來，二王子有些慢半拍地回過神，才看見自己的兄長含笑走了進來。

「那亞」是自己的小名。

殊那律恩從很小時候，唯一的兄長就以這個小名叫他，他也不明白為什麼，從自己還是個小小精靈時，泰那羅恩便這樣喊自己，整個精靈族也只有兄長這樣喊，問了幾次都沒說過原因。

「在書室等待了些時間，想必又是主神的旨意，將你送到這裡，暫時不受武士們帶回的不幸消息煩擾吧。」看著有些發愣的弟弟，泰那羅恩又笑了笑，有些寵溺地摸摸少年精靈的頭。

二王子盯著兄長，抗議，「我已經是成年精靈了。」雖然沒長高也沒長成熟，但是早就已經過了精靈成年禮，也就只有這兄長憑藉自己比較高的優勢經常揉他頭頂。

「是的，將近千歲，外貌卻還是如同孩子般。」泰那羅恩收回手，清澈的銀色眼瞳倒映出的是有些柔軟的精靈少年模樣，還帶著些稚氣無辜的臉蛋讓人想要多揉幾次腦袋。「如果不是數百年前那場意外，想必你已經能與我並肩殺敵。」

不不，其實現在也能夠並肩殺敵好嗎。

二王子一點也不優雅地在心中出現了想要按住自己兄長頭頂，讓他因此變矮一點的動作。

「主神的庇佑之下，兄長似乎忘記五月那時，滿山初生的墜星花見證下，我與雪瀑兄弟們終止了數萬名可悲的黑暗生命，讓他們不再受到詛咒的折磨，能夠在世界懷抱當中安眠沉睡，不再痛苦。」

「驍勇善戰的二王子殿下，我從來不懷疑你的能耐。」泰那羅恩又摸摸自己弟弟的頭，微笑著，眼神中卻有些無奈，「世界還不穩定，冰牙族身為斬除邪惡的利刃，自然不能無視邪惡之火燃燒，但代價……」

「沒事，只是晚個幾千年成長。」殊那律恩撥掉腦袋上的手，實在很不喜歡哥哥動不動就習慣性地往他頭上揉，就是被他這樣一直摸一直摸才更會被當成小孩。「以後三弟長大，去其他種族地方時還可以坑他做哥哥買東西。」

啊，不小心說出內心話了。

外貌年少的精靈眨眨眼睛，想想算了，反正是在自家兄長面前，不用太過刻意維持優雅語句。

與擅長政務交際的大王子不同，二王子個性並不活潑，也不喜歡與大群精靈接觸，更不會去精靈集市、街道一同吟唱詩歌，所以很少用上大量大量長長的語句。

殊那律恩並不打算修正自己這一點。正確來說，他更喜歡一個人安安靜靜地在無人角落翻看歷年來的各地術法，然後發呆，悄悄享受著舒服的陽光與風，傾聽著雨落下的聲音，然後在星辰下安然入眠，就是一整天都不說話不唱歌，他也能夠過得很滿足。

即使如此，已經有點跑題的二王子想了想，還是開口：「出門前三弟還未誕生於世，現在已經有名字了嗎？」

「嗯？沒收到捎過去的信箋嗎？」泰那羅恩這下有點訝異了，「原本還想問你意見，但是遲遲沒有收到回覆，所以已經被賦予精靈之名。」

「……」殊那律恩很認真地想了想，然後想起來前幾天發生的事情，「有一封，我正在燒鬼族時飄過來，然後就跟著被燒掉了。」那時他正在使用借來的神火燃燒被污染的水域，神火畢竟不太好操控，必須很專心地使用，這時候跳出了幾名鬼族試圖襲擊他，外加自己已經把其餘精靈都支開去修復城鎮，所以沒人保護；當下想了想，直接開放神火最大的力量，將鬼族燒成灰燼，連同一張飄來的通訊信箋，也在他眼前瞬間成灰，完全來不及攔住。

「……」好吧，泰那羅恩點點頭表示明白狀況了。

「所以也如同我們一樣延續了『生』之精靈名嗎？」殊那律恩知道自己的全名與大王子相同，都有部分取自於初代偉大的創世精靈，守護並延續生命。

「是的，不過精靈王還加上了你的小名。」泰那羅恩也不知道自己尊高的父親是怎麼想的，那天守護小王子的星辰精靈開始預見初始命運以便命名時，精靈王突然就來了一句經常聽大王子叫弟弟的小名，聽著也不錯，乾脆就拿了二王子的小名來附加。

「……這麼隨意的嗎？」殊那律恩表情有點嚴肅。

然而因為他的臉還很稚嫩，這種表情在大王子眼中反而有些可愛，所以又遭到了大王子的摸頭。

「畢竟是精靈王。」泰那羅恩咳了聲。

「也是。」殊那律恩想想，點了點頭。

兩兄弟稍微沉默了下，然後露出很相似的微笑。

「戰士們已經報告過西邊的戰役，趁著些許空檔，先去看看弟弟吧，我想這也是主神的旨意，才會讓你暫時不用煩惱新的烽火之事，將這片刻的寧靜時間用在祝福新生之上。」說著，泰那羅恩的腳下已經出現新的傳送術法，很快便將兩人帶出議事廳。

精靈的出生是相當脆弱的。

最開始的精靈是從力量中所生出，自水中、自風中……自主神所賦予的各種事物當中，至今還有很大一部分的精靈是如此誕生，且生命漫長。這些純粹的精靈被稱爲白精靈，自從黑暗戰爭之後，白精靈大量遷移，很多逐漸退出歷史，不再見到其蹤跡。

另一種精靈則是與喜愛的生命結合，自其中出生，或是兩人混合的力量中創生，在倍受疼愛中睜開雙眼，因爲混入不同種族的力量與血液，而被稱爲黑精靈。

目前遊走大陸的精靈們多半都是「黑精靈」。

然而不管是哪種方式出生，剛誕生的幼小精靈都很容易受到傷害與惡意侵蝕，畢竟精靈遠比其他種族更爲敏感，即使剛降臨世界，都能輕易感受到不同靈魂的波動。在戰爭中出生的精靈是最危險的，特別是在戰區，很可能會因爲黑暗侵蝕或者強烈的惡意詛咒瞬間扭曲成異物，這是精靈們最害怕的事情。

所以精靈們會竭力保護新生的小生命，更別說是王族精靈，小王子的誕生根本是冰牙族最重大的事情，遠遠超過外頭大小不一的戰爭。小小的生命被嚴密守護在聖地之中，直到小王子最初的自我守護力量成形，才會被帶出守護之地，估計需要十多天的時間。

雖然聖地有重兵保護，閒雜人等不得隨意進出，但是對於大王子與二王子而言壓根不是問題。

「我已經向精靈王陛下取得入口許可了。」大王子這般說著，然後帶著二弟走了一段路，穿越白色的樹林，最終停駐在一座白色森林的入口。

殊那律恩看著在自己面前出現的白色大門。

「月凝湖。」

被冰牙族所守護的世界脈絡之一，也是用來保護這一代新生的小王子，避免他的力量外流遭到覬覦的安全之地。

而且擁有世界力量，小王子的精靈之體會得到更完美的塑造。

帶著期盼，殊那律恩跟著兄長的步伐，不免心情也好了起來。

「所以，名字呢？」

泰那羅恩回過頭看他，一樣是溫暖又美好的笑容。

「亞那。」

亞那瑟恩．伊沐洛。

# 第五話　初次相遇的黑暗

三王子誕生之後，大王子用小名稱呼二弟的時間也變少了。

因爲旁人很容易搞混。

而當時冰牙族也正在協助雷之妖精抵禦妖靈的襲擊且收到各地不同的求援，所以兩位王子很快又必須帶著各自的戰士部隊前往不同戰場，同時待在族裡的時間逐漸變少，偶爾相遇大多也都在議事廳與其他精靈討論戰爭或是外交公事，不太會彼此使用親暱的稱呼。

那天看著幾乎透明的小小精靈，殊那律恩是下意識地脫口而出，給了初生的幼小弟弟遲來的祝福——能夠擁有廣大的胸襟接受不同的生命種族，且懷抱著熱情開心過著每一天。末了還又補上一句，備受喜愛。

嗯，與自己完全不同的類型。

二王子覺得，這麼陽光明媚的精靈王子，正好就是冰牙族所缺乏的小王子。

兄長雖然平常也會說說笑笑，不過在正事上相當嚴明，因爲肩負連繫所有相關結盟種族的事務，當二王子還很小的時候大王子就已經少年老成，還會與外面那些狡詐的種族們鬥智，以保護參與的善良種族。若是精靈王不小心絆跤摔倒什麼的回歸了主神的懷抱，大王子必定就是冰牙族新的王，必須帶領冰牙族正確且平穩地走在世界歷史當中。

所以大王子其實與大家還是有隔閡的，比較有些高高在上，不可隨意攀談。

殊那律恩自己本身嘛……就不提了。

他望望天，覺得要編織長長的話語吟唱世界很麻煩，那些對世界的崇敬與愛他都直接放在心中感念。

有個善解人意又單純的小王子，就能打破王族精靈的某些隔閡吧。

「二王子殿下。」

優雅的呼喚聲再度將殊那律恩拉回現實。他仔細一看，是跟在自己身邊很久的精靈術師。

殺敵什麼的，主要還是冰牙族的大王子帶領的戰士部隊，每名精靈武士都是一等一的菁英，只要聽見冰牙族大王子軍隊旗幟獵獵作響，被黑暗席捲的村莊與無辜的生命都覺得那是帶來曙光的呼唱，原先的絕望立即會成爲希望。而大王子也從來不負所望，不斷從深淵中拯救出生命，爲冰牙族寫下了非常強大的偉大戰爭紀錄。

光是外頭吟遊詩人傳唱的版本就不只數百種，甚至還傳說只要邪惡看見大王子的旗幟，遠遠就會落荒而逃，就怕跑慢了自己的腦袋會消失，被綁在馬後拖著滾動當戰利品什麼的——其實精靈根本不會這樣做，只是某些喜歡譁眾取寵的吟遊詩人們自己亂增加的橋段而已。拖著腦袋在地上滾的，還比較像是獸王族會做的事情。

比起大王子，冰牙二王子的部隊很少出現在種族面前，幾乎全都是術師的組合，工作也大多是協助重建求援種族的城鎮，通常不是大軍出動，而是編制幾人小隊一組，在大軍撤走後細細為村民修復結界，甚至教導當地術士們保護家園，任務完成也走得無聲無息。

於是二王子的部隊很容易被當作其餘種族或精靈軍隊的附屬，甚至很少人會唸頌二王子之名，大多都把功勞歸屬在拯救村莊的大軍頭上。

殊那律恩對此也不太介意，認真地說，他更希望村民不要注意上他，這樣能夠節省很多交際的部分。安排精靈弟兄們協助重建完之後，他就可以立即撤走，如果哪天房子塌了或是結界崩了，那些種族村民拔腿奔去求助的肯定是當時的大部隊，不會來賴上他，簡直美好。

二王子就這樣默默地不出風頭，又默默地完成了一次修復結界的支援。

如果不要中陷阱或是被偷襲什麼的，像五月那樣拔刀砍黑暗的前線事故其實相當少，而且還有很多人錯認他是未成年精靈，會刻意把他拎下戰場。所以一邊打仗的同時，二王子的術師小部隊還要去找回不知道被丟到哪裡的二王子，常常一找就得找很遠，那些戰士弟兄們其實對二王子真的很好，努力地將他有多遠扔多遠，就是要自己跑回來很麻煩。

殊那律恩回過神，看見精靈術師還在等著自己，他想了想，開口：「還有什麼事嗎？」

精靈術師靠近二王子，低聲地說道：「我們發現古老黑暗封印的軌跡，並不明顯，然而在主神的指引下，能順著軌跡發現通往下一處的指標，若是被黑色勢力發現，恐怕會引起新的世界戰爭。」

「嗯……」二王子思考片刻，「你帶領術師們繼續按照原先的排程前往受創的城鎮，我稍微去散步幾日。」

「是。」明白王子的意思，精靈很快便消失在樹影當中。

黑色的……軌跡嗎？

※

脫離了精靈隊伍後，殊那律恩循著那一絲毫不起眼、幾乎沒有人能注意到的黑色指引穿過一個個小小的古老村莊。

所謂的古老，是真的非常古老。

站在白杉木的頂端，他看著底下倚靠著湖泊的妖精村莊。

小村子並不大，但與大氣精靈交談過後能知道這座不到百人的村莊已經存在了七、八百年之久，由湖之妖精一手建立起來的安靜家園。此處也曾被戰爭波及，然而並沒有尋求外援，自己硬扛下侵擾，將襲擊的黑暗惡鬼擊退，幸好也沒有讓人垂涎的財寶與物資，所以就這麼恢復了安寧。

殊那律恩並沒有打算打擾妖精們的寧靜，他的目標也不在此處。

轉移視線，他看向的是湖泊的方位，散出了搜索術法，隱隱能感覺到寬廣的湖水底下藏有黑暗的細微氣息。

不過這裡是安全的，還未被破壞。

確認過不會造成威脅後，二王子轉身前往下一個指引點。

或許是黑色種族的記錄，這些指引並沒有什麼危險。殊那律恩自然知道眞正的黑色種族並非大部分白色種族所認知的那麼邪惡，就與每個生命一樣，黑色種族也肩負著自己的任務，只是長久時間過去，被人們所淡忘。

擁有兵器的力量，無論在哪個時代都將遭到人們的懼怕與排擠，善良的生命害怕受傷，也害怕美好事物被摧毀；邪惡的存在歡喜著能夠利用這些來摧毀世界，更高興著能奪取那些美好，轉化為痛苦與動亂。

現在，仍然是白色世界的年代，所以他們必須守護著光明世界的歷史時間，驅逐想要違反規律的惡意。

幾個短暫的術法跳動，二王子到達精靈地圖上所標示的古老村落。

與前面幾處不同，一踏上土地的瞬間他就能感受到不祥的黑色氣息。土地已散發出腐敗的臭味，早已敗落的村莊遺跡裡散布著盤據已久的死亡氣息，曾經住在此地的村人不曉得是早已遷移還是全數喪失生命，被毒物啃食的骸骨散落一地，拼不回原本的樣子，也無法得知死去的生命數量。

二王子立即判斷出這是遭到邪惡攻擊的受害村莊，看骸骨的樣子也不過三、五年前發生的事情，位置在偏遠的人類國境邊緣，不在交通要道上，亦沒有任何經濟價值，也難怪統治這一帶的王者沒有派人前來淨化。

在這隨處都會發生戰爭的時間點，統治者會優先將援救資源投放在重要城鎮上，偏遠的小村莊則大部分都心有餘而力不足，必須等到多數土地恢復生氣了，才能夠慢慢整理這些不太重要的小區塊。

雖然很現實，但事實就是如此令人遺憾。

抬起手，殊那律恩張開了掌心，幾隻指甲大小的白色冰蝶顫動翅膀，往四面八方飛舞而去，散出的粉狀光點隨著陰冷的風擴散開來，慢慢改變了含帶毒素的空氣，本來在斷壁殘垣中鑽動的蟲蛇一觸碰到光粉，迅速左右散開，造成大小不一的騷動。

要淨化這片土地不是不行，但光憑他一人得花上幾日的時間。

而且，負責此處的「克利亞」顯然無法承受如此惡毒的毀滅，早已遭到不幸，所以沒辦法就地找到他們協助。

看著滿地亂竄的毒物，殊那律恩想了想，還是開口：「雖然我等爲對立種族，但我也不希望傷害你們，若是我想恢復此處，幫大家找到另一處更適合居住的地方，你們是否可以停止毒素，將此處還給原先的白色生命呢？」

整片蟲蛇蜈蚣發出窸窸窣窣的聲響，雖然是黑暗物種，但也還存有各自的思考，那些想法相當簡單，大多不願意配合，不過也意外地有一小部分願意傾聽精靈的話語，停下了動作，小心翼翼地往散發光亮的白色生物靠近。

「如果你們願意告訴我你們喜歡哪樣的居所，我會很樂意替你們開啓道路，讓各位前往心中完美的居住地。」二王子在冰蝶凍出的一小塊冰面上席地而坐，看著環繞在自己身邊的幾百隻蟲蛇蜈蚣，語氣依然帶著平和，「待人們開始壯大之後，這裡依舊會被夷平……嗯……？」

正打算說服更多毒物時，他明顯感覺到另一種不同於毒物的存在。像是刻意從地底發散出來，原先並沒有任何感覺，現在一展露，早先願意停下的毒物立刻興奮起來，不再搭理精靈話語，迅速纏繞回原本的泥沼當中，快樂地散發出更多毒素，很快覆蓋掉冰蝶淨化開的一小片土地。

看來，這地方果然也存在著「什麼」，正在誘引這些毒物封鎖村莊。

殊那律恩站起身，加強了身上的守護術法，隨著那股似有若無的黑暗力量走入了村莊遺跡之中。

被鬼族翻騰過的地方大多很慘烈，這裡也不例外，雖然已過了一段時間，依然能夠看出當時的狀況，混合種族的房舍上有許多被利器砍過、焚燒的痕跡，幾處比較不容易腐朽的石牆上甚至被斷刃插了幾個頭骨，森森的黑色眼眶中有蜈蚣爬進爬出，裡面似乎還有不知道是什麼毒蟲的紅色蟲卵，密密麻麻一大片，帶著腐液的毒蜈蚣正在啃食那些毒卵。

因爲土地完全遭到污染，這個地方不可能會有大氣精靈願意駐足，無法打聽情報，只能看著殘留的慘狀猜測當時發生過怎樣的事情。

雖然骸骨四散不完全，不過勉強還是能夠辨認出年齡，有大人幼童，甚至還有疑似嬰孩的纖細手骨。

即使做了心理準備，身爲精靈的冰牙二王子還是打從心裡湧出反胃感，種族天生對於生命的哀憐悲痛也讓他感到非常不舒服，隱約有些暈眩，似乎再往內多走一步都能耗損靈魂精力。

停下腳步，他終於還是把憋在胸口的氣給嘆了出來。

「願主神護佑這些苦痛的靈……」

正想要爲村莊吟唱精靈的祝禱歌謠時，殊那律恩才猛然發現自己竟犯了非常大的錯誤——他誤判這座村莊的狀況。

照理說，這種遭到襲擊詛咒的村莊因爲死亡數量之大，所以肯定會有同樣龐大的怨靈產生，雖然只有短短三、五年，但正常來說，那些死靈應該足以成長到不小的規模。可是從自己踏進這座村莊開始，看見的全都是毒物，別說怨靈了，一個殘破的靈魂都沒有見到，空蕩蕩的，完全沒有死亡之魂。

這不正常，完全不正常！

在心中暗暗罵著自己又恍神大意了，二王子只來得及布下一個冰凝陣法，周圍的毒蟲已開始沸騰，黑色的泥土裡噴濺出大量黑甲毒蟲，比起那些可以溝通的毒蟲子，這種甲蟲完全無法溝通，沒有自我意識，體型又很小，就像淚珠一樣，但數量上讓人感到非常可怕。通常只要見到一隻這樣的黑甲毒蟲，那麼底下土壤裡肯定有千萬隻毒蟲的巢穴，想要淨化得花上非常久的時間。

這是啃食異族血肉生長出來的邪惡東西，代表了土地下面肯定曾經埋葬過大量鬼族或者妖魔。

而村莊裡沒有任何飄蕩的死魂，則表明了這個地方至少有一個啃食死靈的凶狠存在，可能是死靈術師，也可能是食魂妖魔，但更讓二王子忌憚的是，對手很可能是獄界王者級的存在，那麼單憑他一個精靈，恐怕很難應對。

收回了冰蝶，殊那律恩重新張開手，一隻寒冰凝結的長尾白鳥停在他的手臂上，四周飄開了銀白色的火焰。

「精靈……嗎……」

陰沉的聲音從大量黑甲蟲底下傳來，那些甲蟲爬出得更加洶湧，像潮水般一波一波捲起，覆蓋原先攀爬的毒物，而且仔細聽，好像還能聽見那些毒蟲被吃食掉的可怕聲響。

雖然微弱，但精靈已經聽見來自四面八方、那些毒物被吃食掉所傳來的最後哀嚎。

數量太多了，接觸生命聲音的靈魂也隨之疼痛起來。

當機立斷地隔絕開無以數計的哀嚎聲，殊那律恩壓下身體的疼痛，讓自己專注維持術法對抗底下的邪惡。

「吃起來……一定……不一樣……」

貪婪的話語伴隨著充滿血腥臭味的笑聲，一隻沒有皮的巨掌從甲蟲堆裡翻出，粗大的骨頭上包覆著糜爛的灰紫色肉塊，筋脈什麼的看得相當清楚，隨著動作，肌肉組織開始收張，有些黑色的濃稠液體從裡頭被擠出來，滴落在甲蟲上，瞬間腐蝕掉一大片甲蟲，但很快又被其他蟲子覆蓋上去。

殊那律恩立刻判斷出自己遇見的是什麼了。

食魂死靈。

與死靈法師不同，也不是食魂妖魔。

從地底翻身而出的是巨人般的龐大身軀，沒有一處有皮，全身都是那樣的血塊筋脈，手腳、甚至腹部背脊上都掛著一張一張正在慘號的驚恐人臉，也都完全沒有皮，有些成為連著肉的白骨，幾十、甚至幾百張臉隨著動作發出震天號叫，就算追加上層層結界保護，二王子還是忍不住全身劇痛，吐出了白色的血沫。

這種存在對精靈來說相當可怕。

不是加害者，這東西的成形，是受害者。

大量痛苦的記憶穿透術法，強迫式地灌進精靈的腦袋中。

他們僅是這個村莊中最普通不過的居民，有人類、有妖精，也有獸王族，各式各樣喜歡和平的人們在這個安靜的小村莊中住下，對彼此友善，相互扶持，雖然不像大城鎮富有，但完全不愁吃穿，冬日有存糧，夏日田地肥沃，人們走在街道上會互相打招呼，就算不將門窗關上，屋裡也絕對不會有物品失落。

那曾經是個雖小但美好的漂亮村莊。

然後，遭到戰爭的波及。

少數人逃出了村莊，但多數人被鬼族大軍殺害，手段殘忍又殘酷，就連嬰兒都沒被放過，抱著孩子想逃走的人被一槍貫穿腦袋釘在牆壁上，死亡前只聽見自己頭骨遭到重擊的碎裂聲。曾經備受疼愛的孩子被鬼族狂笑著撕碎，有些還活活遭到啃食，人們只能眼睜睜絕望地看著身邊親人慘死，然後自己也淪爲同樣下場。

太過偏遠的村莊，連求救聲都無法傳遞出去。

黑術士捕捉大氣精靈，粉碎他們的存在，脆弱的大氣精靈來不及替村莊求援，守護土地的種族更是瞬間遭到屠殺，迎風的鳥兒被折斷翅膀，幾日後，那些僥倖逃走的人們遭到捕捉，他們根本無力反抗。

……他們，不想死。

某個人嚥下最後一口氣之前，黑暗在她靈魂中滋生。

她顫抖著手，抓住了鄰居的亡魂，用力塞進口中，呑食著生命時間，藉此治療自己的傷勢。等到她恢復意識時，她嚥下的東西甚至還有黑暗的鬼族，但是她活了下來。

吃，繼續吃。

無論如何，都要活下來，所以吃。

靈魂逐漸瘋狂，然後崩毀。

整座村莊沒有一個靈魂前往安息之地，也沒有一個死靈成爲作祟之物，他們被一口一口地啃食，被融合在龐大的身軀裡面，成爲另外一種異物。

「切割土地，完全封鎖此處。」殊那律恩在跪倒之前，勉力送出白鳥，帶著空間術法的冰鳥迅速盤旋空中，展開了極大的空間切割術法，立刻把這塊土地的威脅與世界完全隔離開來。

食魂死靈也不介意被封鎖，它只想抓住結界裡的精靈，折斷優美的手腳與頭顱，吃食帶著光芒的纖細靈魂，那滋味肯定異常甜美。

抬眼看著不斷衝撞自己結界的扭曲之物，殊那律恩又咳了聲，吐掉嘴裡的血液。

並非不能對付，但要有準備才行，精靈之體對這種痛苦靈魂太過敏感，貿然接觸很可能會因為強烈哀傷遭到致命打擊。

必須先找一個地方棲身才行。

順著越來越強烈的臭氣，精靈敏銳地發現了先前引動毒物的黑暗似乎還存在，而且與食魂死靈竟然不是同一個，這表示還有另一種黑暗之物，力量感更為純粹。

也來不及多想幾輪，死靈已將他的結界撞出裂縫，那些悲慘的記憶再次灌入，多來幾回自己肯定會受不了而暈厥過去。

於是精靈無從選擇，捕捉到黑暗力量的源頭之後，只能硬著頭皮，轉動傳送術法，將自己帶離死靈的掌下。

總之，第一重要的是先離開會震痛靈魂的威脅，假使另一邊是死靈法師什麼的，對自己反而還有好處。

一般的死靈法師他還不看在眼裡，就算是黑暗術師也一樣，應對這種存在他已經很得心應手了，最好是來幾個讓他宰掉，然後霸佔此處的安全點，再來慢慢破解食魂死靈的威脅。

這次的散步眞的不太容易呢。

嘆了口氣，精靈轉移完成後，順利地踩住了一腳的碎石。

四周一片黑暗，能發光的只有自己，一到定點後他立即發現這是一個洞窟，相當大，人工雕鑿，梁柱、天花板一應俱全，甚至還有熄滅的大量燭台，看起來很像是宮殿的大廳，有些華麗，只是全都用石頭仿雕出來，莫名地像地下墓室。

然後，他看見了遠處另一面牆上，有著黑暗的大門。

繁複的古老文字，黑色的圖騰。

看清楚那些圖文後，殊那律恩倒吸了口氣。

原先應該附在這種封印之門上的術法一絲不剩，不知道是被破壞了還是發生什麼異變，巨大的門扉下方早就已經穿了一個大洞，是從外面打穿進去，黑色的力量就是由破洞散出，而且非常濃厚且純粹，外頭感受到的根本不到這裡萬分之一，那一絲絲的力量讓他誤判成死靈法師，這是今天的第二個致命疏失。

這瞬間，殊那律恩知道自己發現的是什麼，想要離開已經來不及了。

他倒退一步，後背直接撞進冰冷的身體上。

帶著純粹黑暗的軀體，竟然無聲無息已經貼近在自己身後。

「爲什麼，有、精靈小孩。」

低沉的嗓音從頭頂上傳來。

精靈二王子這輩子第一次覺得——

想長高。

※

「你是，怎麼進來？」

從感嘆中回過神，殊那律恩很快便留意到黑暗的存在雖然會說話，但似乎講話不太流暢，聽起來很久沒開口了，更令他有些驚訝的是，這個黑暗說的是精靈語，還是舊精靈語，不會被外來種族學到的那種。

照理來說，這種古老精靈語不應該會被黑暗學會，白精靈時代的精靈們不會將精靈語教導給外人，更別說黑色種族，平常在外界使用的都是世界通用語。

「說話。」

對方顯然不太有耐性，語氣有些粗暴。

「我不小心從上頭掉下來。」二王子很鎮定地給了答案。

黑暗抬頭看看封死的天花板，再看看發光的精靈，明顯不信。

精靈從天花板掉下來這種事情怎麼想都不可能好嗎，先別說是連個洞也沒有的天花板，精靈本身會從「什麼東西上掉下來」壓根就是件無稽之談。

所以黑暗的眼神整個冷下，瀕臨耐心爆炸邊緣。

殊那律恩微咳了聲，「我是在土地上與食魂死靈發生衝突，轉移時誤入這裡，打擾了。」

「……」

冷漠地又看了精靈孩子一眼，黑暗不發一語，調頭便消失在陰影之中。

感覺對方確實離開之後，殊那律恩鬆了口氣，然後原地坐下。他並不想在被死靈襲擊受傷之後又與可怕的存在對峙。或許自己能逃得了，但是激怒了久遠的存在而讓他擺脫已經不再擁有拘束力的此處之後，被毀滅的將會是這個世界。

得趕緊想個辦法壓制死靈，然後聯繫上時間種族與精靈族前來修復封印才行。

正想打開結界治療傷勢時，那種毛骨悚然的感覺再度出現於自己身後，又是無聲無息，沒有預警。

還沒讓他有時間倒抽一口氣表示驚嚇，好幾個瓶瓶罐罐的東西突然從他頭頂上砸下來，打得他一臉莫名其妙，滿臉空白地看著順著腦袋掉到手上的幾個小瓶子，還有幾個掉到身邊，圓滾滾的瓶身轉了幾圈才停下。

殊那律恩有點不知道該做何反應地拿起其中一個罐子，是個巴掌大的琉璃瓶，做工像出自妖精族，瓶口處有著細緻的堇花圖騰。拔開塞口，傳出清淡的藥香氣，連續打開幾個罐子瓶子，都是藥物，其中還有非常好的精靈藥物，保持得相當新鮮，似乎有用術法封存。

「治好，滾出去。」黑影丟下這句話，然後扭身直接咻的一聲再度消失，不過這次精靈看得很清楚，他是鑽回門上那個大洞裡，一點痕跡不留地回到了人們希望他待著的地方。

殊那律恩其實有短暫的時間都摸不著頭緒，然而他很快就注意到，那個黑暗不但沒有打算對他下手，似乎就連離開這個地方都沒什麼興趣。

意識到這件事之後，他突然好奇了起來。快速揀選幾樣有用的藥物使用過後，他看了看不知道爲何會被破壞的封印，想想便直接踏進本不該有任何人駐足的未知領域。

踏入之後，果然四周一片黑暗，並非夜那般柔和美麗的黑，而是帶著淡淡幽暗氣息、讓人感到絕望恐懼的深闇，如果是一般種族的生命踏進來，恐怕很快就會在這條一絲光芒也沒有的通道中失去理智，接著崩潰絕望，白白犧牲性命。

不過精靈天生就不怕這些，更別說是擅長術法的精靈了。

所以沒走幾步，不受影響的精靈停了下來，藉著自己身上的微光，開始閱讀起刻印在走廊牆面上的圖騰文字與壁畫。雖然說是用來封印黑暗，不過建造得相當講究，上面除了封印的術法圖文外，還有許多記事，意外地有許多沒有流傳在世界上，似乎是與黑暗相關的某些記載，十分罕見。

抱著瓶子，他津津有味地看了起來。

雖然冰牙一族裡有著世界上大半的知識，不過還是有很多黑暗記錄被收存起來，避免其他人誤觸；現在眼前這些東西就是平日很少能看到的，不但有記事，還詳細描述了封印當時一併在這裡封存掉的各種黑暗術法與可怕的黑術士等等，其中甚至描述了當年曾發生在此處的悲慘戰役。

那是遠在他出生之前，世界比現在更混亂的黑暗年代。

從這上面也能看出，在村莊建立之前，這邊確實發生過與鬼族的對戰，戰後骸骨被埋藏封印在村莊下方，當時的確有處置好。看來是在此地封印被破壞後，又或者是村莊被襲擊毀滅時，那些骸骨的封存也被無意打破了，才會演變成上面現在滿滿那些蟲子的情況。

一點一滴，將記錄上的可怕過往記入自己的腦袋裡，連原本應該要先治療都忘記了——精靈大王子曾說過，這個弟弟每次一陷入自己著迷的事物裡，沒人敲醒他的話，估計就會這樣餓死成爲難得一見的精靈乾屍。

然而現在沒有其他精靈在，所以也沒人來打醒連藥物都扔在一邊的二王子。

就在二王子殿下眞的快要成爲精靈乾時，一道野獸般凶惡的怒吼從外面惡狠狠傳進來，就算是已經看到出神的精靈也被這道聲音驚醒。皺起細緻的眉頭，殊那律恩反射性看了眼通道內，黑暗並沒有出現，而外面隱約傳來了食魂死靈的氣味，看來那個扭曲的存在並沒有放棄原本已經快要到口的美食，竟然用某種方式鑽進地底，來到封印附近。

身體狀況不是不能應戰，現在有了心理準備與緩衝時間，精靈立即在腦袋中規劃出幾個環環相扣的術法，轉身準備離開通道，將食魂死靈直接捕捉起來，好回去研究是否有辦法拆解，將裡面還未完全融合毀壞的靈魂分離出來，或許他們還有機會能夠回到安息之地，重新修復悲慘的靈魂，等待下一個歷史時間的到來。

才剛邁開一步，突然有股力量揪住他的後領，直接把整隻精靈往後拖開，扔到旁邊角落，彷彿他很礙事。

「？」已經是第三次被繞背的二王子一臉疑惑，看著黑暗形成的高大男性擦過自己身邊，再次走出封印的破口。

接著，那種純粹的黑暗力量從男子身上炸出，雖然範圍不大，力量感也不強，但眨眼片刻，食魂死靈竟然發出了哀嚎聲，接著在地底中竄逃，逃得遠遠的，再也不敢往這裡接近。

微光中，黑暗再次轉身進入封印通道，深沉的眸色掃了一眼旁邊的外來者，還有掉了一地的瓶子，冰冷開口：「出去。」

「……我……」

殊那律恩話都還沒說完，再次被揪住領子，活像小雞一樣整個被提起來，連腳都沒踏到地面，就這樣被抓到洞口邊，後面的黑暗對著他的後臀一腳踹了出去。

因爲太過震驚於這種極爲失禮的舉動反而沒有反應過來，二王子整個往前撲到冰冷的地板上，然後才意識到剛剛發生什麼事情。

還沒爬起來，幾個瓶子罐子又從洞口被丟出來，直接砸在他腦袋上。

「……」

別以爲精靈不會發火喔。

莫名其妙！

# 第六話　黑暗與光芒

接下來幾天，殊那律恩直接住在封印大廳中。

雖然說是封印黑暗的地方，不過可能是當年製作的人們爲了預防各種萬一，在裡面留下的備用日常物品數量不少，除了那些至今仍然新鮮的藥物外，還可以找到一些同樣用時間術法封存的乾淨糧食。

看來他們的準備中，也有最壞的打算——萬一封印物擺脫封印，必將有人奉獻自己在此地長期對峙，這些物資就是爲了「那個人」儲存的。

配合那些藥物，精靈很快就將自己完全治癒，還可以一邊心情愉快地觀看整座大廳中的壁畫記事。

不進入封印走道的話，就算在大廳中點亮照明術法，將整個大空間都映如白晝也不會遭到黑暗衝出來抗議。

殊那律恩相當怡然自得地過起了悠哉的小時光。

當然，他還是不定時會放出聯繫，與遠處的精靈弟兄們聯絡，指揮著任務的進度，以及將食魂死靈的事情傳遞回去，不過遮掩了地底的黑暗封印與黑暗的存在。因爲有二王子在事發處，而精靈們也很信任二王子的能力，且空間已完整切割不會有其他人跑進去，於是聽從命令沒有派出後援部隊，暫時讓王子獨自處理。

不讓族人來支援的其中一個原因，當然是怕黑暗如果突然發難，會引起可怕的後果，這點殊那律恩也不便讓精靈弟兄們知道，並過來涉險。

他得先把這裡頭的狀況完全搞清楚了，再聯繫時間種族一起著手重新恢復封印，這過程還不能激怒黑暗——或者說是「陰影」。在戰爭年代中，只要一說出這兩個字，就連最凶狠的屠夫都會滿臉恐懼、喪失鬥志。

這世界，每個人都知道陰影是什麼樣子的存在。種族對種族戰爭，種族對黑暗戰爭，都還能夠見到曙光，總會有得到救贖的那一日；但是陰影完全覆蓋天空，便等於世界毀滅，更可能蔓延到六界，吞噬一切希望。

人們會戰爭，又或者渴望戰爭，卻沒有人想要陰影籠罩大地。

自然，邪惡存在例外。

從黑暗或光明中誕生的邪惡天生就喜歡混亂，即使世界毀去，他們也會欣喜地在殘破的大地中狂舞，直到全身支離破碎也不會停止吧。

「你在這裡很久了嗎？」盯著牆壁上的古老文字，殊那律恩感覺到陰影就像前幾次一樣，來到洞口邊門扉的後頭，無聲地觀察他的舉動。

第一天他留下時，陰影似乎很不理解他的行為，站在洞口處徘徊了一個晚上。

也難怪陰影感到疑惑，一般正常種族來到這種地方，多半會哭號尖叫地逃離現場，不然就是勃然大怒想辦法要快速封印缺口，估計陰影是第一次看見有精靈安安靜靜地窩了下來，默默給自己找好平台，默默鋪好床被，然後吃了點食物就爬上去爽快地大睡。

第二天陰影又來到洞口晃了晃，發現精靈又在研究牆壁上的東西時，扭頭回去自己的黑暗當中。

第三天開始，殊那律恩就嘗試與之交談。

雖然，他本身並不是個喜歡聊天說話的普通精靈。

門後沒有回應。

二王子有著十足的耐心，一邊察看著牆上關於黑暗種族的記錄，邊等待對方的回應。

過了好長一段時間，終於有個字慢吞吞地從黑暗中傳出來，「是。」

「你怎麼會說古精靈語？」啊，刺到了。

殊那律恩縮回手，看著牆壁上不明的破損，他剛剛沒注意，正在摸浮雕，直接被破裂的石雕給戳了一把，手掌上白色血液橫流，傷口有些大。想想，他隨便把手在袍子裡抹了抹，順便將沾染到牆上的血也抹了抹，但是深入細縫當中的也沒辦法了。處理完後，繼續爬看他的牆壁，他喜歡這些記錄，也喜歡安靜，所以就算後面蹲了一個恐怖的陰影，他還是難以從這些歷史中抽離。

又等了一會兒時間，黑暗中才傳出三個字：「艾曼達。」

精靈怔了片刻，其實他沒有意料到會是這個答案，但想了想，百靈鳥們雖然在歷史上記載壯烈，不過王族精靈多少曉得一些傳說中沒被傳遞出去的事情，百靈鳥們會教導陰影精靈語並不讓人意外。「原來如此，願主神守護純淨之靈，永恆安眠。」

陰影的話不多，問了兩、三個問題之後，又晃回黑暗深處。

看來今天是不會再繼續讓他發問了。

殊那律恩聳聳肩，將所有注意力都投入牆壁上的記錄。

不過就像精靈無法預測主神的想法，正在爬看牆壁的精靈也沒有預想到陰影的想法。

正把臉貼在一個很小很小、幾乎只有米粒大的暗語刻字前時，突然幾個小東西破風而來，直接砸在精靈後腦上，力量還不小，讓他前額直接撞到壁畫上，差點連鼻血都被撞出來了。

「？」

莫名其妙地回過頭，他看到滾在身邊的幾顆紅色果子，拳頭般大，散發甘甜的果香，上面沒有沾染任何術法，是貨真價實從樹上摘下的新鮮水果，剛剛敲他腦袋的最大顆果子已經裂開，正流出香甜的汁液。

黑暗嗖的一聲縮回門後。

陰影去哪裡摘這些果實他並不清楚，對於陰影用水果差點把他腦袋砸出一個洞這種舉動也很不明白。

雖然這舉動看起來應該是要他吃水果。

「謝謝。」拾起裂開的果子，精靈咬了一口，青脆的口感相當爽口，雖然不知道名稱，但他吃著覺得很喜歡。

「嗯。」

門後面飄出單音回應。

抱起剩下的果子，殊那律恩來到門邊，在洞口邊坐下，推入了一顆果實。「你在這裡多久了？」

「……很久。」

這次回答得很迅速，但沒有將水果拿回，紅色的果子孤孤單單的，一半被黑暗籠罩，一半在光亮處。

「洞口被破壞之後，你就甦醒了嗎？」順便察看了下洞口破壞狀況，殊那律恩皺起眉，破壞處看上去至少有一段時間了，至少百年跑不掉，難道這個陰影都沒有離開過？

「不。」

「不？」精靈愣了下，咬果子的動作也停下。

「一直，都醒。」

「你……一直是清醒的？」毛骨悚然的感覺從心中蔓延開，精靈連忙掩飾恐懼，盡量用平日的態度回應。陰影對於懼怕相當敏感，不能讓他發現這份難以言喻的恐怖。

「醒著。」陰影肯定地回應。

從封印開始，竟然就保持著清醒的陰影嗎？

殊那律恩幾乎無法想像漫長的時間裡，這個陰影是如何保持意識清醒在黑暗中渡過一日又一日，而且竟然沒有發狂衝出去毀滅世界。

「……你……你難道沒有想過要離開這裡？」精靈緊握著果子，有些遲疑，「你怎麼能夠一直待在此處？你難道不害怕？」

這次陰影再度沉默了。

過了好半晌，像是要用盡他所知的精靈語般，回答得很緩慢，也很冰冷。

「痛苦，非常，我。」

我非常痛苦。

在心中把那些字排列起來，殊那律恩無聲地嘆了口氣。

怎麼這個陰影就不像傳說中會衝出去開殺呢？

「艾曼達，世界。」低低的話語從濃稠的黑暗中傳來，「喜歡，菲雅，也喜歡。」

然後，陰影離開了門後，再次消失回到他的歸處。

殊那律恩按著額頭，這次真的嘆息了。

如果這是主神指引的道路……

❀

二王子重返冰牙族是半個月後的事情。

妥善封印好切割空間，用了幾個封鎖咒讓食魂死靈老實一點，殊那律恩分離了一部分混合死靈，包覆著層層術法，回到了冰牙族。

早他幾日回到族內的大王子立刻迎了上來，「如何？」

把死靈球塞給兄長，殊那律恩想想，開口：「現在戰事還很吃緊，我和術師們研究過分離死靈最好的方法後再回去，那裡我可以完全處理，不用再加派人手。」

「嗯，你是最好的精靈術師，我放心。」泰那羅恩揉揉弟弟的腦袋，彎起有些寵溺溫和的笑容。

無言地看著兄長，二王子想起了待在陰影封印地時，後來幾日只要一越界想走進黑色走廊，就會被陰影提著領子對著屁股踢出來的事情。

好想長高。

眞的想。

那名陰影雖然精靈語說得不好，但把人踢出來的動作倒是很熟練。就不知道他是不是這樣踹過百靈鳥們。想想，就算百靈鳥們被踢出來過，應該也不會傳唱出來。

壯烈犧牲自己的偉大存在們，被陰影拎著領子踢屁股這種事情，怎麼想都不可能發生，就算傳唱出來，八成也會被當成邪惡抹黑聖潔的手段。

爲了方便溝通，殊那律恩在短短幾日中又教了陰影一些語句，雖然沒有同意，但陰影也沒有反對，總之教學時，陰影都在門後沒離開，應該是有學進腦袋裡。

說起來，其實陰影不用刻意使用精靈語交談。冰牙二王子本身學有上百種各式各樣的種族語言，偶爾還幫忙翻譯調解一些糾紛，只是陰影好像很執著要這樣說話，他也就順其自然了。

「又想什麼了。」泰那羅恩好笑地又揉揉弟弟的腦袋，把恍神的二王子揉回過神，「好好休息吧，這幾天難得清閒下來，在主神的祝福之下，北方戰事短期內可以告一段落，只要妥善收拾即可，遭受災厄的土地會重新受到陽光的擁抱，開出芬芳的花朵。」

殊那律恩點點頭。

畢竟在地底封印打滾了大半個月，雖然也有好好整理自己，但還是有點髒亂，很想去冰池徹底洗淨，再去書庫舒舒服服地窩著，糜爛一會兒。

走出兩步，他停下步伐。

「怎麼了嗎？」泰那羅恩正在疑惑地研究弟弟的臀部，不知爲何，他總覺得原先應該乾淨的潔白外袍上隱約好像有個腳印痕跡，但一般精靈再怎麼說也不至於趴在地上被人踩了，也不知道是哪裡沾的污痕，可以沾出如此剛好的淺淡印子。

「陰影會甦醒嗎？」因爲懶得裝飾句子，殊那律恩相當直接地詢問。

兄長總有一天會成爲精靈王，所以經常替父親處理重大事情，對這些歷史下的事物遠比自己還要清楚。

「陰影若是甦醒，那便是可怕的嚴重大事。」泰那羅恩表情立即變得嚴肅，「在主神所安排的時間到來之前，沒有任何一個善良的生靈希望陰影甦醒，即使在最完整的封印當中恢復一些意識，都將是最令人懼怕的威脅。」

殊那律恩點點頭，「明白了。」

「好好休息吧。」泰那羅恩的神情再次舒緩下來。「陰影封印若是毀壞，很快便會有徵兆出現，屆時精靈族與時族必須聯手重新封印，我深深祈禱不會有那一日。」

「嗯，我也是。」

於是，殊那律恩快速離開。

接下來幾天，二王子眞的讓自己過得很糜爛。

雖然在其他精靈眼中，二王子比較像是爲了那些可悲的死靈而痛苦，希望能夠救贖悲慘的存在而努力翻閱古籍，不眠不休地希望能夠從裡頭找出守護扭曲靈魂的方式而奮戰著。因此，冰牙的精靈們感受到二王子的良善與掙扎，在觀望星空時，順便編唱了讚美二王子守護世界的努力，讓風與花香一起傳遞出去。

聽著這些歌謠，站在書庫門口的泰那羅恩不知道自己該笑還是該去糾正族人，正打算踏進去、不知道第幾次把弟弟從書海中拽出來時，偌大書室另一端便傳來了倒塌的巨響。他快步走到後頭，果然看見被書海埋住的二王子。

精靈看書看到被埋住來不及逃脫什麼的，傳出去估計會被當成邪惡的抹黑手段吧。

泰那羅恩嘆了口氣，將埋在最下面的二王子拖出來。

殊那律恩咳嗽了幾聲，從被砸了個頭暈眼花中回過神。

「鬧事。」泰那羅恩搖搖頭，彎下身幫弟弟拍掉衣襬上的灰塵，「我來告訴你，在主神的照護之下，死靈已經順利被分離出一些，你所編製的術法與方式有效，術師們現在正開心地想要告訴你這件事情。」幸好精靈術師們沒有一窩蜂地衝進來，否則就會見到他們心目中最崇敬的二王子成爲第一個被書砸暈的精靈這歷史性的瞬間。

「眞的嗎！」也顧不得腦袋上的包，殊那律恩眼睛一亮，有點高興地站起來，「這樣就可以順利將那些尚未完全融合扭曲的靈魂們送返安息之地，不再飽受痛苦了。」他是眞的打從心底開心，畢竟精靈們一直以來最重要的事情就是守護良善的生命，不論是哪種，即使是最細微的也想好好照顧。

「嗯，快去吧。」泰那羅恩讓開身，果然看見二王子一點也不優雅地立刻消失。回過頭看著那些倒塌的書本，他很無奈，只能摸摸鼻子開始撿拾整理。

精靈看書看得一團混亂，還丟下爛攤子逃走，說出去誰也不會信，肯定會被當成邪惡抹黑的造謠。

另一邊，完全忘了自己看書將書籍疊得太高造成崩塌事件的二王子，用最快速度來到了精靈術師聚集的大屋。這是專爲術師設置的研究大屋，戰爭時什麼邪惡的法術都會遇上，從詛咒到死靈，再到各種詭異的妖魔術法，五花八門都得拆解研究，破解之後將其記錄起來，這樣同樣的術法就不會再對精靈們生效。當然這種研究不能隨隨便便就擺在精靈族的大街上，而是在這擁有層層強大保護結界的大屋當中，假使研究不愼爆炸了，也不會波及到其他地方。

殊那律恩帶領術師部隊之後，精靈王就將大屋的管理權全部交付給他，這也是除了書庫之外，他第二喜歡的去處。

從意外進入陰影封印地那時起，殊那律恩邊研究著封印地的記錄，邊思考著如何分離融合死靈們，雖說最早的受害者應該是無法挽回了，但其他陸續又有各種靈魂被吞噬，時間短一點、還沒完全被同化甚至扭曲的，照理來說是能救的。

但不管是勇者或是大神官、大法師……等等的存在，見到這類的食魂死靈第一個反應都是完全銷毀並淨化，間接也讓「可能可以得救」的痛苦靈魂直接消失在世界當中，再也無法得到安息的機會。

其實殊那律恩是不太贊同的。

當然，他能夠理解這是最好的處理方式，但肯定會有更好的，只是必須要用某種方式來處理或是交換。

這次回來，他一併交出了幾個他自己思索出來的拆解術法，讓術師們各方嘗試，他也一邊翻閱古籍，在查找陰影記錄時同時翻找可能會有線索的靈魂術法，加以強化他原先的概念，一點一滴補足先前拆解不夠成熟的部分。

沒想到竟然可以在短短幾天收獲成果，真的讓他很興奮。

以最快速度進入到大屋，他果然看見每個精靈術師臉上都掛著喜悅。

擺放死靈的白玉桌面上，此時正飄浮著兩名妖精女性與一名人類孩童，蒼白的面孔上還殘留著痛苦扭曲的痕跡，黑色血痕交錯，看上去異常猙獰，赤裸的身體與手腳都已經不復原先的美好，別說手足長短不一，連身體都好像被人用力擰過般呈現了不自然的形狀。

即使如此，殊那律恩還是在他們充滿痛苦的血色眼瞳中，看見了一絲安寧的微光。

那是對於自己長久身處在煉獄當中，終於看見希望的光芒。

精靈術師們退開，讓出了一片空間。

殊那律恩走上前，與三名死靈對上視線。他能感受到火辣辣的痛苦，像鞭子一樣抽進腦袋；身邊的精靈術師們爲了作業方便，身上都有著最強的保護布置，所以這些思念不會傳進他們靈魂當中，但是爲了能順利與靈魂溝通，殊那律恩此時撤掉了那些守護，就像那天在封印之地上面時，只是當時比較猝不及防而已。

回應著那些痛苦，殊那律恩有些難過，「已經沒事了。」他儘可能用最溫柔的語氣傳遞到死靈的身上。

孩童動了動，眼睛裡的痛苦又少了一些。

二王子伸出手，白色的血珠從他掌心中飄浮出來，周遭精靈術師大驚失色，但沒有上前阻止，只能眼睜睜看著血珠分裂成三份，飄進了死靈們的身體當中。

微弱的光瞬間包覆死靈的身軀，只短暫片刻，三名死靈的身影竟然就這樣快速修復起來，黑暗的面容逐漸明亮，扭曲的手腳與身體也慢慢被推回應有的樣子，就連充滿血色的眼睛都各自恢復了色彩。這些轉變讓死靈們相當錯愕，竟然有一小段時間無法反應過來自己的變化，以及不敢奢望的輕鬆。

那些悲號痛苦像是被精靈的血給驅逐，光明重新溫柔地擁抱他們，讓他們恢復到靈魂應該有的樣子。

「殿下。」終於有一名年紀較大的精靈術師靠近二王子，低聲說道：「您不該用自己的生命修復死靈……」

「只有一點點，沒事。」殊那律恩甩甩有點昏沉的腦袋，等暈眩稍微過去之後，重新看向宛若新生的靈魂。「我們會將幾位送回安息之地，你們再也不會遭受到苦難，能夠安心沉眠，不受邪惡的侵擾，只須跟隨著光，那裡將會是你們最美好的歸處。」

透明的淚水從幽魂們的眼眶掉落，無聲無息地消失在空氣當中。

「離開之前，能夠告訴我發生過什麼事嗎？」殊那律恩看著幽魂們，勾起微笑。

得到精靈的拯救，幽魂們當然很快便將自己的事情全盤托出。

兩名妖精原本都是附近的居民，因爲戰爭波及不少村莊，所以他們也跟著族人顛沛流離，想要尋找一處更適合落腳的安全之處，沒想到有天晚上休息時，食魂的怪物不知道從哪裡冒出來，襲擊了遷移隊伍，一口氣吃食掉大半村人，戰士甚至還來不及反抗，只能眼睜睜看著食魂怪物不管老弱婦孺，或是青壯男女，全都嚼碎入腹那恐怖的畫面。

兩名妖精也是因此被吞食。

原本以爲孩童也是如此，但在孩童緩緩開口之後，殊那律恩卻震驚了。

「我是，被餵給怪物吃的。」

孩子很天眞，至今不明白那是什麼怪物，只知道自己有一天在家門口玩耍，有黑色的人抓走他，與很多一樣被抓走的小孩投擲到食魂死靈的居住處，也就是殊那律恩發現的那個地方，活生生被吞掉靈魂。

精靈術師也對這種說法感到很驚嚇，竟然有邪惡在餵養食魂死靈，那就不單純只有死靈作祟的問題了，背後很可能還有巨大的邪惡想要利用這個食魂死靈，沒想到被二王子發現。多虧了主神的指引，才能解除掉這可怕的悲劇繼續發生。

重點是，那餵養死靈的邪惡如今在何處？

「我已經把那一帶做了空間切割，暫時不用擔心幕後的邪惡入侵，可以趁這段時間分解掉食魂死靈。」離開封印地時，殊那律恩擔心陰影被發現，特地加強了好幾層空間術法，順便在外圍布下層層結界，別說邪惡入侵，可能連鬼王或是魔王都不一定能夠在短時間內闖進去。

精靈術師們鬆了口氣，但還是憂心忡忡，不知道要有多麼壞的存在才能將孩童拿去餵養死靈，無論如何，都不能讓這種存在繼續遊走在世界當中。

詳細問了完整經過後，殊那律恩便領著精靈術師們替幽魂打開通往安息之地的道路，那些靈魂含著感激的眼淚，踏上真正能夠擁抱他們的歸途。

送離魂魄後，被可悲死靈影響的精靈術師們個個都有點情緒，更加專心致力於分解死靈之事，希望能多將幾個還未完全扭曲的靈魂給帶出來。

殊那律恩在過程中又補足了一些術法，好讓分解更加順利。

就這麼又過了幾天，那團食魂死靈的部分又分離出兩個人類孩童的靈魂，和先前那個一樣是被餵養的，之後精靈術師們修補了靈魂，將他們送回安息之地。

然後便無法再找到能夠解離的部分，只能將剩下的用淨火銷毀，讓那些扭曲的痛苦化塵歸土，離開世界。

勞勞碌碌將近一個月後，新的分離術法被穩定了下來，開始教導給冰牙族的精靈術師們，讓他們能有更多選項去處理死靈。

這段期間殊那律恩又帶領著小隊去修復了幾座城鎮。

一來一往過了兩個多月。

某天早上，泰那羅恩再度接到白鳥傳來的訊息——

二王子殿下，又脫隊獨自去散步了。

※

揹著一大包物品從黑暗中翩然降落時，精靈很滿意地看見陰影死僵的臉上首次出現明顯表情——錯愕。

點亮毫無生氣的石製大廳，殊那律恩在沒反應過來的陰影面前抖開包袱。

他主要攜帶的物品都收在空間術法製造的儲物空間內，這些是路上村莊百姓送的。一路走來他邊散步邊幫一些小村莊修復破損結界，順手打跑作祟的邪靈與想要攻擊百姓的邪惡傭兵，人們感激之餘不斷地塞東西給他，從食物衣服花朵藥物，到了連小孩都想塞給他學藝的地步。

爲了不再讓那些友善的生命往他身上塞東西，精靈不得不把先前得到的裝成一個大包裹揹在身上，以顯示他眞的無法再增加攜帶物了。

即使如此，還是有熱情的村莊幫他弄來一隻馱獸，上面同樣滿載謝禮，進入封印地前殊那律恩便放走了馱獸，讓風之精靈帶領牠回返棲地。

邊懷抱著感謝之意，精靈邊幫自己鋪好最舒適的床位，也直到這一刻，陰影才彷如大夢初醒，整個人回過神來，很不可置信地看著去而復返的光明生命。

畢竟離開有一段時間了，正常的種族應該是不可能再跑回這個既黑暗又邪惡的封印地，所以精靈再次出現，陰影感到驚嚇也是難免。

「我必須處理上面的食魂死靈，這段期間要打擾了。」規規矩矩地向屋主打過招呼，殊那律恩擺出幾本古冊，有模有樣地整齊擺好。

這是他帶來要對照查詢牆壁上那些古老壁畫的老舊資料，回精靈族查找時他有發現類似的記載，正好拿來比對，應該可以增加新的記錄。

「你……」

「對了，這是帶給你的學語書。」往陰影手上塞進幾本冊子，殊那律恩說道：「我選了圖繪本，能很容易看懂，希望你會喜歡。」

陰影無言地看著手上的畫冊，翻開後果然是優美的精靈文字，還是幼童使用版，看來是大隻的精靈拿來讓小隻精靈學習使用的。不過仔細一看，裡面大半文字都是認得的，除了艾曼達兩人所教導，先前身邊這個精靈孩童也教了他一些，加上這畫冊原本就是教學用，於是很容易便可以讀懂。

看旁側的男子翻起畫冊，殊那律恩微微勾起唇，繼續整理行囊。

接下來幾日，幾乎就與先前一樣，精靈邊研究牆上的東西邊有一句沒一句地和黑暗交談。原先幾個字的對話，逐漸開始變成句子。

「所以說，我不是會唱歌的那種精靈。」清理壁畫上的灰塵，精靈有些無奈地垂下肩膀。這個話題是從黑暗無心一句「你爲什麼不唱歌」開始的。

轉過身，殊那律恩看著巨大的門扉，陰影正貼在門板後頭。「並非每位精靈都會歌唱。」

「……艾曼達說過，歌唱是精靈的天賦，沒有精靈不唱歌的。」陰影打從心裡覺得外邊的精靈少年敷衍他。或許是不想爲對立的黑暗歌唱，與他記憶中的百靈鳥們相差甚遠。那美好的聲音已經在時間中逐漸淡去，他只是想要捕捉一些影子，在同爲白色生命之中尋找回曾經擁有過的光陰。

哪知道精靈斷然拒絕他的詢問。

殊那律恩按著額頭，打從心裡覺得自己被尊敬的百靈鳥們給坑了一把。他不只不喜與人群聚暢談，也不太擅長吟詠歌唱，除了吟詠咒語術曲，他是眞的很罕少像普通精靈般隨著風唱出優美的歌曲。於是，他還是很誠懇地說道：「我是眞的不擅長，若是你想聽故事，我能說出很多，但是歌曲並非我的天賦。」

陰影哼了聲，氣息離開門後。

……

鬧脾氣了啊。

二王子從來沒有遇過鬧脾氣的陰影，所以也不知道該怎麼辦。通常來說，陰影如果鬧脾氣，應該會衝出去毀滅世界，而他認識的這位顯然有違常識，有點像是被打到腦袋的蝸牛，也只能放任陰影縮進去殼裡。

想了想，或許還是按照一般的方式安慰看看呢？

放下了手上的清理工具，精靈摸進黑暗通道，懷抱著友善的心，打算好好勸慰因爲聽不到精靈歌曲而生悶氣的陰影。

然而話都還沒說出口，片刻後，精靈又被陰影給踢出封印破洞，撲在地板上。

……

……

氣死算了。

二王子眯起眼睛，頭一甩，去做自己的事情。

除了記錄整個封印地的遺跡，精靈最主要的任務還是分解食魂死靈，將還能夠挽救的靈魂送回安息之地，而完全扭曲腐敗的，則是結束痛苦又悲慘的最後時間。

雖說已經研究出應用術法，然而不知道吃食過多少靈魂的食魂死靈並非說處理就能處理，必須一次次與之對峙，每次都得從那巨大的邪惡當中取下部分，再將這部分解離並加以淨化。過程中，還得忍受食魂死靈的精神襲擊……雖然能夠封鎖這部分，但殊那律恩選擇接受，這樣他才更能從那些悲號中盡快尋找出哪些靈魂還保有自己的意識，先從這些呼救的部分下手切割，避免意識消失。

所以每一次衝突，他都必須忍受極大的痛苦，然後帶著切割的死靈球回到封印地。

幸好封印地有陰影在，所以食魂死靈就算如何不高興、想要追擊，都不敢靠近，加上這個封印地本身還是殘留不少保護術法，稍微整理過後，能夠輔助精靈調養被衝擊的身體。

即使很難受，但是每次見到死靈球中分離出來的靈魂，二王子還是覺得很值得。

只是在這漫長的分離過程中，他不斷見到被投餵的亡靈，至今已經數十個，這讓精靈的心中瀰漫著濃濃的不安，這個數量已經超過他的心理準備，而且還是朝著更不好的方向發展。

「你爲什麼要這樣做？」

聽見問句時，精靈抹掉臉上痛苦的淚水，回過頭，看見陰影站在他身後，毫無表情的冷硬眼眸中閃過一絲不解。

像是不懂他爲什麼要大費周章去分解食魂死靈，更不解他爲什麼要一個一個將靈魂解離出來，修復後送回安息之地。

「爲什麼要痛苦？吃了會更快。」陰影看著扭曲的魂靈，打從心底覺得這些廢物還不如一口抹除乾淨。實際上，他也能做到，那隻食魂死靈他壓根不放進眼中，對於能消滅世界一切的力量而言，簡直如蟲蟻般弱小。

「……我希望他們得救。」吸吸鼻子，精靈讓自己隨著慘號沉浮的心稍微安定下來，「每個精靈都會如此希望。」

陰影嘖了聲。

「麻煩。」

殊那律恩笑了笑，「或許吧。」但是，他們就是這樣的生物啊。

擁抱著荊棘，直到綻放美麗的花朵。

或許會痛，或許會流血，也或許會犧牲很多東西，但這便是主神交付給他們的任務，亦是他們的天命。

就像歌唱一樣。

即使咳出血液，最終也想將美好留存在這世界上。

「我的意思是，你很麻煩。」陰影瞇起眼，覺得自己看了好幾天懨懨的精靈也有點膩了。原本像是有精神的小白花，被那些死靈搞得像被門板夾過一樣的壓扁花，不知道為什麼，看著看著就開始不痛快。「不就是隻破死靈，有什麼好困擾的，全部拆開不就行了。」

……

……

？

「咦？」

# 第七話　餵食者

陰影所謂的拆開，就是眞的拆開。

原本還不了解他的語意，精靈看著黑暗走到大廳空曠處，抬起手，深黑的術法聚集在他的掌心上，如此不費吹灰之力，甚至不用吟唱黑色咒語，純粹的力量聚集而來，形成了陷阱般甘甜的氣息。

封印地的結界被打開一個洞口——直到此刻精靈才悚然發現，陰影完全有能力破壞並離開此處，這個地方早就困不住他，其他那些預備的防範術法壓根無用，就如同他所說，他是出於自願待在原地，日復一日，沒有移動過。

毫無防備的通道被打開後，即使知道這裡有可怕的存在，已經被削弱許多的食魂死靈還是貪圖著力量的引誘而現身。

捕捉過程非常迅速，正好很適合陰影有點沒耐心的個性。幾乎一眨眼，食魂死靈整隻被拖進大廳裡，連掙扎都來不及，活生生在精靈面前被打成碎片，一個個靈魂軀體散飛出來，就像斷了線的珠子四處彈開。

那些被分解的靈魂大部分都已呈現深沉的黑色，那些是已經無法挽回的，少部分則是染上黑的血紅色，這是還保存些許自我意識，也就是能夠修復送入安息之地的倖存者。

很隨意地看了眼，陰影揮揮手，大量靈魂直接被分成兩區，一黑一紅，非常惹眼。接著他轉回看著目瞪口呆的精靈，冷冷勾起唇，「該說什麼？」

「謝謝！」殊那律恩很快反應過來，抱著最大的感激之意道了謝，然後拔腿就要衝上去搶救紅色的靈魂。才剛邁開步伐，後領突然被一把拽住，活像小雞般被扯在原地，差點給勒暈。

「一天不能超過五個。」陰影見過精靈修復的方式，要花很多時間，而且這精靈有時候著急了還會分出自己的生命去進行修補，非常傷損身體，明明不須如此，一說他就會擺出悲傷的表情說什麼不想看他們受苦的屁話。陰影也不知道爲什麼，一開口便很自然地談起條件，「修理完，其他等隔天，然後你休息。」

「咦？」精靈瞪大眼睛，那些紅色的靈魂至少還有百餘個，他恨不得用最快速度撫慰這些痛苦的亡靈，一天五個是絕對不夠的。「八個！」

「五個。」陰影很堅持。

「……七？」

「五。」一步也不讓。

「六吧？」

「我現在就把這些全部都毀滅。」陰影捲起袖子。

「好，五個。」精靈連忙改口，「就五個，修復完，我休息。」他盡快在腦袋裡規劃出時間術法，可以讓還未處理到的亡靈暫時進入沉睡，才不會那麼難受。

陰影滿意地放下袖子，然後轉頭，「這邊的能夠直接毀掉吧。」那些深沉又黑暗的大量靈魂正在不斷散出詛咒，他冷哼了聲，悉數收下那些不怎樣的憎恨。

「嗯，在那之前，請讓我為他們祝禱，希望在回歸塵土之後，有朝一日能在風中得到救贖，在水中重鑄生命，在大地上能夠擁有再次奔馳的力量。」

於是，陰影就這麼被迫聆聽了一段非常長的精靈式祝禱文，全程複雜的精靈語沒有翻譯，古精靈語還在入門階級的陰影聽得腦袋直冒青筋，又怕鑽回門後那些黑暗魂靈會暴動，只好咬牙忍著，就這樣又過了大半天，那些超級長的祝禱文才終於告一段落。

在精靈的點頭下，陰影非常痛快地直接把扭曲死靈銷毀成灰。

他絕對不會承認因為聽得整個人很煩躁，所以下手有點重的這件事情。

幸好精靈也沒注意到，精靈的注意力整個放在了扭曲魂靈消失後，殘餘在地上最後的闇黑色死靈——最初、也是最原始，第一個開始吞吃靈魂，掙扎想活下去的起始者。

趴伏在地上的是名女性，已經看不出來原本的面貌，覆滿黑色鱗片的面孔上只有一張一開一闔、咧到耳邊、充滿利刺的嘴巴，沒有其他五官，頭髮如乾枯稻草般糾結；在滿頭髮絲打結的後腦上赫然有張嬰孩的臉，還非常小，小到連眼睛嘴巴部分仍沾黏在一起，看起來像是未出世的孩子。

女性的身體嚴重扭曲，全身也覆蓋著黑色鱗片，兩條腿已完全貼合在一起，像是臃腫的蛇尾，腳趾則整個抽長，露出發黑的指骨；同樣抽長的手則像兩雙爪子，指甲尖銳異常，上頭有很多大大小小的疣，有些破掉的正流出帶著臭氣的毒液，令人感到反胃。

「完全鬼族化。」陰影蹲在食魂死靈本體邊上，一把拽住她的頭髮，看了看後腦那張嬰孩的臉，「孕鬼。」很顯然，瀕死之前，這名女子腹中有著孩子，估計就是這樣才讓她產生了強烈的生存慾望，進而轉化成鬼，寧可吞吃別人也想讓自己的孩子活下去。

殊那律恩無奈地嘆息。

「我的……孩子……」

發出沙啞的扭曲聲音，鬼族被破壞的身體抽搐了幾下，似乎想要抓住什麼，利爪不斷往前抓動，在石地上發出刺耳的噪音。

「我會讓你們一起安眠。」殊那律恩低聲地說著：「長眠於大地，被陽光與樹所擁抱。」

「不需要……」鬼族再度掙動著，「活下去……要活下去……」

「已經不會再痛苦了。」按著鬼族的手，精靈有些難過地輸入了破壞的力量。

像是感受到自己即將消失，鬼族停止動作，語氣瞬間變得凶猛怨恨，「詛咒你……讓我們無法活下去……你也不得……你永生都……無法……安歇……求生不能……求死……哈哈哈哈哈哈哈哈……你……害他最後的血脈……也沒了……你也嘗嘗這份痛……哈哈哈哈哈哈……」

猛地鬆開手，殊那律恩有點錯愕地看著掌心，上面竟然出現了死亡詛咒，他沒想到衰弱的鬼族竟然還有這麼強的死前意念，彷彿把最後一絲力氣用在憎恨他，這讓他有瞬間感到茫然與不知所措。

陰影一掌拍下去，直接將鬼族拍成灰，然後殘灰在空氣中分散，連一點都沒有剩下。

「該死！」陰影狠狠瞪著已沒有鬼族的空地，表情複雜起來。他沒想到在自己眼皮子底下，精靈竟然還會吃了一記詛咒，還是最凶狠的死亡詛咒。亡者下咒異常難解，真是待在這裡面太久，反應遲緩了。

「……沒事。」握起詛咒圖印已經消失的手掌，回過神來的精靈朝陰影露出微笑，「我也是名精靈術師，即使不那麼厲害，還是能夠想辦法解除詛咒。」

「你確定？」陰影挑起眉。

「自然是有辦法，不然我還有老師能幫忙。」精靈從地上站起來，打起精神，「眼下最重要的，還是先修復這些可憐的靈魂吧。」比起那個人的詛咒，他更心繫倖存者們，能早一點替他們解除痛苦便早一點好。

「……五個。」陰影怕他耍賴，替他加強記憶。

「好，五個。」

到時候說弄到腦袋發昏，不小心手誤多做一個行不行。

精靈歪著腦袋，決定就這麼試試看。

事實上證明，那點小手段完全無法蒙蔽陰影的法眼。

壓根沒事幹的陰影直接就蹲坐在精靈邊上翻閱書本，只要精靈妄想把手伸向第六個亡靈，馬上就會得到警告的瞪視，於是兩、三次下來，精靈打消了念頭，乖乖處理完約定的數量後，抱著疲累的身心去休息。

不知道陰影是怎麼計算的，處理完五個亡靈之後他確實正好開始感覺到疲累，聽取慘案也會讓精神有些不舒服，差不多是休息的最佳時刻。

盯著專心讀書的陰影，殊那律恩想了想，覺得無解。

可能陰影存在的時間太漫長，所以看多了各種事情，會厲害也是正常的。可惜他是陰影，必須終其一生活在封印地中，只有在世界歷史走到了盡頭之後，「他們」才被種族允許離開，或者說已經沒有種族能阻止他們離開。如果換成其他任何一個有意識的生命，不知道該有多少悲涼與寂寞啊。

「看什麼看。」陰影猛地轉過頭，凶惡地盯著竟然還不打算閉上眼睛的小孩子。

「……就是想點事情。」怎麼會這麼凶啊。精靈很無辜地回望對方，「比較好入睡。」

「不准想。」

「……不然你說點什麼。」殊那律恩縮進薄被裡，眼巴巴地等著對方開金口。

「睡覺。」陰影兩個字丟過去。

眞的一點都不親切。

精靈感覺微小的期待有點幻滅。

也不是不知道精靈想要談天，陰影又看了幾行文字之後，因爲很難忽略那期盼的視線，終究回過頭。「牆壁上寫了什麼。」

他獨自一個人在這裡千百年，自然看過那些壁畫圖文，繪圖的部分他知曉內容，畢竟是白色種族雕製，對他而言，大多都不是什麼好話，許多記述著陰影與邪惡黑暗在世界上造成難以抹滅的恐怖災害，上頭各種血淋淋的慘案是用來警告意有所圖的入侵者們撤退，不要讓世界再次進入毀滅。

當然有少部分還算公正地記載了黑色種族的世界任務與陰影兵器的歷史，不過被放在比較角落邊上。

扣除掉這些，陰影看不懂的是幾幅純文字記載，上面用了許多艱澀的古精靈語和時間種族的語言，雖然看起來很漂亮，不過看不懂的東西再怎麼美麗都還是看不懂。

殊那律恩直覺陰影詢問的是文字部分，很自然地回答：「大半都是術法，如何將陰影有效封印在此地的神聖咒文。如果陰影不幸從此地衝破，不管是哪個種族都能夠按照上面的敘述啓用術法，將陰影困在原地，等待精靈族與時族趕來。」沒說出口的是，還有一些是殺傷力極強的死亡術法，只要陰影衝破大門，就會被啓動來絞殺古代兵器，顯然這些是沒有用的，陰影還活得好好的四處亂走。

「你要用嗎？」陰影下意識看了眼充滿文字的牆壁。

「不，你並不邪惡。」殊那律恩並不認爲有使用神聖咒文的必要。那是強制兵器，將陰影原地封鎖的強硬術法，以此爭取時間讓兩大種族得以趕來挽回世界。但是陰影並沒有想要破壞世界的打算，又何來使用的必要。

盯著精靈的小臉，陰影在內心直搖頭。

不折不扣的傻小孩。

如果每個精靈都像他這樣，世界早就毀滅了。

邪不邪惡不是精靈說了算，陰影本身就是毀滅的存在，摧毀生命就在一念之間，每個精靈都這麼相信黑暗的話，遲早會碰上足以讓他們後悔的壞人。

「你睡吧。」不想在這上面繼續琢磨，陰影轉回頭，再次把目光放回書本。

「……」

他是眞的不邪惡啊。

精靈在心中嘆了口氣，就是因爲這個陰影，才會讓他想要做更多呀。

模模糊糊想著，正打算讓自己進入睡眠時，殊那律恩敏銳地感覺到有東西試圖破壞他的空間結界，完整切割了封印地與上頭死寂廢墟的外層。從外面看來，只會覺得這是一層精靈的防護結界，知道此處有邪惡之物所以防止有人闖入。看見精靈結界的標記，良善之人都知道必須繞路遠去，反之，闖進來的就不是那麼友善了，更別說打算破壞。

只是結界內層實質上是空間術法，就算打破外面那圈保護，看到的也只是一整片連接過去的荒蕪土地，不會找到已經被他藏匿起來的村莊。

想想，殊那律恩決定讓對方隨便去破壞，自己乖乖閉上眼睛，先暫時休息，不然旁邊的陰影眼神凶惡到好像會往亡靈堆一掌拍過去，幫他永絕後患的樣子。

只是沒想到閉上眼也才須臾時間，外層結界眞當被衝開一個洞，能感覺到碎裂，估計來的不是簡單的邪惡，可能是相對的黑術師，還是相當高端的黑暗術師。

「趴著，睡覺。」同樣感覺到白色結界被毀，陰影翻著書本，冷漠地丟過去四個字。衝破結界的人或許不容小覷，不過在他評估中也不過就是個小角色，況且精靈早就已經將上面的入口空間連繫到別處，除非是高強的時間種族，否則還眞不是個可以隨便破解的空間術法。

說起來，爲什麼這個精靈小孩能夠使用如此高強的空間術法？

陰影皺起眉，後知後覺地發現其實讓一個精靈孩子來處理這些亡靈也相當不合理，精靈是十分友愛彼此的種族，絕對不可能知道有如此危險的食魂死靈還讓孩童單獨前往，就算多麼天賦異稟的孩子都不可能。

還是這孩子被排擠？

所以不知道該如何反應給大人，只能自己硬著頭皮解決？想要藉此表現一下自己？然後膽敢住在這種地方就是因爲他一個朋友也沒有，孤單寂寞冷，於是連談話對象也不挑了。

盯著還在裝睡的小孩，陰影的眼神抹上三分憐憫。

看來不管在哪個種族，還是有被孤立的個體存在。

不知道爲什麼，陰影突然覺得似乎有點什麼責任該看顧好這個誤打誤撞進到此處的孤僻精靈，畢竟艾曼達還存在時，對「自己」照顧有加，「自己」雖然強大但無法保護珍愛的事物，只能一次一次被切割，想要挽回什麼都無力，至少有這個機會能夠幫助艾曼達的族人，也算是回報當時精靈們那美麗純淨的嗓音吧。

所以陰影想了想，決定好好實行自己的回報計畫，首先就是從讓這小孩乖乖睡覺開始，

「你再不睡我就把你打到睡。」

「……」那是被打到昏迷。

殊那律恩默默拉緊了被子。

正想分離意識讓外表看起來像熟睡時，一絲血腥氣息透過被破壞的結界傳進他的嗅覺。顧不得會不會被揍到昏，精靈猛然翻起身，身下同時轉開空間術法，眨眼間就將他傳回地面上。

荒蕪的褐色大地上癱倒著一名幼童，僅存微弱的氣息，大量赤紅色血液從幼童身下擴染而出，像是艷紅紅的花朵，既妖媚又可怕，點點滴滴啃食孩子即將消失的生命之火。

而孩童身邊站了一名身穿黑色斗篷的人，看不清面貌，有些微微駝背，手上握著刺藤纏繞而成的黑色法杖，法杖底部有著紅色血液，不用猜也能知道這東西方才貫穿過孩子的身體，依稀還可以感覺到附著在血水上的毒素氣味。

「你……為何要傷害無辜的生命。」確認對方身上的黑暗力量後，殊那律恩知道眼前的確是黑暗術師，聚集在他身體內的邪惡與毒素緊緊壓縮著，彷彿隨時可以毀天滅地地爆發出來，射殺無數生物。

戰場上，精靈也不是沒見過大批大批的黑術士，不過高強的黑暗術師不多，眼前算得上一個。

黑斗篷人發出了低沉又乾啞的聲音，聽起來像是老者，喉嚨像連一絲水分也沒有，嗓音讓人聽著很難受。「對付藏躲起來的精靈，這是最快的方法——你們這些偽善生物就是害怕小孩的血。」

「你是餵養食魂死靈的人。」精靈用的是肯定句。他在拆解亡靈時，曾在上頭感覺到一點不自然的黑暗力量，之後食魂死靈的鬼族本體上也有，進而在詛咒他時也一併帶入他的身體之中，所以殊那律恩幾乎瞬間認出了眼前就是那股力量的來源。

「呸，竟然讓個精靈小鬼搞砸了老子的寵物。」黑術師往地上吐了口黑黃濃濁的痰，法杖底部在土地上敲了敲，遭受污染的地面捲攀出帶著利刺的荊棘，不斷向四周蔓延。

精靈抬起手，白鳥在手臂上落下，帶著微光的翅膀振動，散出指甲般大的白色小花，順著清涼的風吹去散開，白花在空中化爲光點，落到荊棘上之後很快消除了毒素，緩解污染，部分黑色荊棘開始轉回翠綠，結出花苞。

黑術師又敲了敲土地，毒素與白花光點僵持不下，就這樣彼此抗衡。

「小鬼，看來你不簡單。」黑術師過了片刻發出陰沉的笑聲，「膽敢正面扛的精靈術師沒有幾個，你至少有個術師部隊吧。」

「比起這些談話，我希望你能將那孩子交給我，他還有……」

殊那律恩的話還沒說完，猛地瞠大眼，眼睜睜看著黑術師的法杖往孩子背脊上一敲，原先已奄奄一息的幼童整個震動了下，發出野獸般的嚎叫聲，四肢逐漸扭曲長出利刃般的堅硬黑色絨毛，不過短短時間，孩童就這樣活生生轉化成鬼族，如野獸般四肢著地，翻過來的小臉也已全被黑毛覆蓋，面孔睜開了四隻血紅色的眼睛，嘴巴也咧著，吐出青灰色長長的舌頭，滴出能腐蝕大地的劇毒黏液。

「不知死活的精靈小鬼，這就是獎賞你敢動我花費時間養出的寵物。」黑術師相當滿意精靈慘白的表情，法杖又在腳邊鬼族猛獸身上敲敲，讓牠長出帶著尖刺的黑色翅膀。

感覺到胃和胸口在翻滾，能聽見轉化成鬼族的孩子靈魂在那具軀體中慘號，殊那律恩倒退一步，很難接受有人竟然對孩童如此凶殘。「爲什麼……」

「你傻嗎，當然是因爲這世界屬於黑暗。」黑術師冷笑著，「看你們這些白色種族受盡痛苦去死，眞是大快人心，沒有什麼事情比這個還要有趣了。」

赤裸裸的惡意毫不保留地傳來，殊那律恩沉默。戰場上像這樣的黑暗存在很多，他們不計後果，也不一定有所目的，對他們而言，傷害其他生命就是最愉悅的事情，那些慘叫對他們像是音樂，悲痛與哭泣就是美味的果實，邪惡的存在可以從這些痛苦中獲得源源不絕的力量，所以他們瘋狂喜愛折磨其他生命。

這是，他們都知道的事情。

然而一次又一次在自己面前上演，他還是止不住那份傷心，還有聽著無辜靈魂哭叫時傳遞來的痛楚。

爲什麼戰爭無法停止？

「不過你放心，這隻算是這些寵物裡比較弱小的一個，你就趴在地上乞求原諒，我心情好就會忘記這回事。」撥弄著鬼族野獸，黑術師冷諷。

「……還有其他食魂死靈？」握緊拳頭，殊那律恩嚴肅地蹙起眉。

「不然你以爲我們爲什麼要襲擊村莊，想不擇手段活下去的傢伙多得是，隨隨便便就可以簡單做出好幾隻啊，這種弱小的村莊都是極佳的餵養場所。」黑術師哈哈大笑了幾聲，「愚蠢的精靈，你們到現在才發現一隻，看來下一次你們就可以乖乖等死了！」

「你——！」

不想再壓抑自己的怒火，殊那律恩揮出手，白鳥鳴叫了聲，身體瞬間破漲幾十倍巨大，張開幾乎能夠遮蔽天空的白色翅膀，熊熊燃燒著冰冷的透明烈焰。

「你果然不是簡單的精靈小鬼，冰霧鳳凰啊。」有些貪婪地看著天上龐大的白色神鳥，雖然很想抓捕，不過黑術師也知道自己不是對手，只能陰惻惻地收回視線，「你確定要動手？」

看見地上又被甩出另一名人類孩童，精靈連忙抬起手，讓白鳥停下凝聚力量的動作。

「所以說，精靈眞是好對付的生物。」黑術師再次得意地笑起來。

「你以爲只有精靈存在嗎？」

冰冷的聲音從黑術師身後傳來，他都還沒回過神來到底是什麼無聲無息地接近自己卻不被發現，視線已先上下顚倒，整個飛了出去。最後看見的，是自己失去腦袋的身體，還有湧泉般從斷頸處噴出來的大量黑血，接著不知遭受什麼力量覆蓋，應該不死不滅的軀體竟然逐漸碎散成粉，崩解開來。

黑術師的意識消失之前，都不知道自己是怎麼被毀滅的。

陰影一腳踩碎了那顆蒼老又猥瑣的黑術師腦袋。

飛翔在空中的白色鳳凰發出不悅的鳴叫聲，淡淡地消失身影，只留下白色光點飄落風中，緩緩淨化方才被黑術師污染的土地。

「你怎麼跑出來了？」精靈抹抹眼睛，連忙扶起那名還活著的人類孩童，快速先穩定了孩子的傷勢，小心翼翼地治療著。

扭曲成野獸的鬼族因爲感受到陰影的恐怖，本能縮起身體退到一邊，連點聲音都不敢發出來，只能恐懼地低下腦袋，呈現服從的狀態。

「散步。」陰影隨便扔出兩個字，「回去了。」

「嗯……」抱起孩子，精靈看著縮在旁側的鬼族，還未消失的白色生命在那副軀體中哭叫著，但聲音越來越小，完全消失之後，靈魂也會被扭曲毀滅，成爲眞正的黑暗。「我……」

陰影揮出手，鬼族嚎叫了聲，碎裂在地，殘存的靈魂飄浮出來，無意識地消失在空氣中。

如果能及時進入安息之地，休息個千百年後，應該能夠重新復原吧。

殊那律恩嘆了口氣，只能夠讓自己先把所有精神放在手上還活著的孩子身上。幸好除了昏迷與輕微中毒，孩子的傷勢並不太嚴重，可能是要被拿來餵養食魂死靈，所以黑術師並沒有狠下毒手，只讓這個孩子昏睡著不會吵鬧。

解除那些毒素後，孩子很快便清醒了，看見有精靈而暫時忘了恐懼，至於精靈為什麼會住在石大廳裡，他也忘記問，就被漂亮精靈牽著手，幾下眨眼回到某個人類村莊，聽著精靈交代給人類們一些他不懂的事情，很快就被保護了起來。

確認了孩子的安全之後，精靈再度回到封印地。

先重新設置結界，又把充滿毒物的廢棄村莊清理了一小片，之後才回到石大廳中。

陰影不在裡頭，黑暗的氣息回到門扉後，沒有解釋自己離開封印地的因由，也不打算知道此舉會不會引起時間種族的注意，就是安安靜靜走回黑色通道，繼續如同以往般孤寂。

短短一天內發生了太多事情，殊那律恩感覺很疲累，不只身體，精神和心靈都累得不像話，只是他一點睡意也沒有，就算趕回來已是深夜時分，一想到無辜的孩子被扭曲成鬼族，他就更難受。

想回到冰牙族，想去與精靈王談談，也想看著兄長溫和又令人安心的笑容，還想看看此時肯定正睡得香甜、沒有任何煩惱的幼弟。

「唉……」

鑽進被窩裡，他讓大廳的光熄滅下來。

黑暗中，還未被處理的亡靈縮在一起，被時間術法包覆，靜靜地暫時沉睡。

還有多少類似這樣的食魂死靈存在著？

或是爲了腹中的胎兒，或是爲了遠方正身陷戰火中所愛之人，又或許是爲了無可取代的家人……種種割捨不了的原因，如同黑術師所言，製作食魂死靈是最簡單不過的事情，只是還未被發現罷了。

既定的事情，就是煩惱，依然還是存在。

精靈在黑暗中閉上眼睛。

翌日一大早，他便將食魂死靈可能還有其餘存在的消息送回冰牙族，讓術師部隊盡快針對曾經歷過戰火或是有異樣的廢棄村莊展開搜索調查。

修復完五名亡靈之後，還是沒有看見陰影出現，精靈覺得有些奇怪，想了想，只好冒著又要被踹出來的風險走進黑色通道。

意外地，這次陰影居然沒有衝出來，而是就這麼一路順暢地通過了有些長度的陰森長廊，接著在漫長的黑暗底部出現了微光。

殊那律恩以爲內部應該是黑色的，所以無預警踏上一小片淡青色草皮時，他還眞的有些意外。

與他所想相反，走廊的盡頭雖然是非常巨大的空間，有很大部分陷入黑暗，但是連接著入口處的左側竟然有條蜿蜒的小草地，不知用了什麼術法引來一束微弱的陽光，接受陽光照耀的也是這大片空間中除了小草地外唯一的活物──

一棵樹，一棵上面有著三三兩兩果實的小樹木。

精靈很快就認出來這是陰影之前拿來砸他的那種果實，並沒有記錄在已知的植物當中，看起來更像上個世界滅絕前的產物，他在翻閱一些精靈王收藏的上個世界遺留的珍貴殘破書頁時，曾見過類似、但不一樣的植物。

小樹木約莫兩人高度，樹幹的顏色有些淡，與上頭呈現白綠色的葉片一樣，看起來很脆弱，然而還是結出了香甜又飽滿的果實。

「出去。」

冰冷的聲音從黑暗中傳來，精靈回過頭，看見陰影慢慢走出來，臉上的表情像是被好幾層厚冰凝結似的，散發寒氣。

注意到陰影的不對勁，殊那律恩瞇起眼眸。對方身上非常明顯抹上了殺氣，並不是針對自己，而是被昨日殺戮所牽引出來的嗜血氣息。

原先陰影就是終結世界的最後兵器，隨時都能成爲毀滅的存在，不過顯然因爲封印，已經有許久不曾沾染血腥，抹殺黑術師的同時也喚起了沉睡已久的殘暴意識。

「出去。」陰影惡狠狠地瞪著刺痛他眼睛的白色生物，因爲嚐了血氣讓他焦躁不安，像是猛獸般緊繃走動的步伐，隨時都想要撲上去咬住獵物頸項。

「沒事的。」看著陰影泛紅的眼睛，殊那律恩伸出手，張開的掌心上出現了一小株白色花苗，些微透明的冰晶之花結著圓潤的花苞，還未綻放，不過已有著讓人心神安寧的淺淺香氣，稍微驅散了些血腥氣味。

陰影閉了閉眼睛，張開眼之後讓自己的視線停留在花苞上，浮躁的情緒也略沉靜下來。

「如果是在這片土地，應該能順利生長吧。」雖然不知道是誰幫陰影在這裡弄出這樣的草地與樹木，不過殊那律恩認爲對方也是出自於好意。他走上前，把花苗放在陰影伸出的手心上，順帶傳遞了些平心靜氣的術法過去，幸好沒有被拒絕。

看著小白花苞，陰影皺起眉，看來精靈沒打算收回去，他只能有點愚蠢地捧著花苗，默默走到樹邊隨便挖個洞，把花苗種進去。

「這是花肥，如果未來覺得它長得不好了，可以放一些進去。」拿出一個巴掌大的水晶盒

子，殊那律恩交給對方。

陰影打開盒子，裡面是很多指頭般大小的圓珠子，看不出是哪種肥料，他想想便收下了。

趁著氣氛和緩，精靈鬆了口氣。

「對了，我昨晚想了一夜……」

正想和陰影聊點正事時，精靈眼前一閃，後領再度被人抄起，雙腳離地，直接被蠻力拽著走出去，接著遭到一腳踹出，飛撲回原先的石大廳，下腳的人還不忘補上一句——

「出去。」

# 第八話　針對精靈的手段

揉著屁股，殊那律恩靠在門扉前。

「我昨晚仔細想過那名被扭曲的無辜孩子。」說到這個，他不免又是嘆了口氣，心中有點難過。「先前驅逐鬼族時我便留意到，剛扭曲的生命靈魂似乎不會立即遭到吞食，雖然絕望，但好像會有短暫的片刻留存意識。」

人們一直認爲扭曲完全的生命會徹底轉爲黑暗，所以要在尚未轉變前先毀去他們的身體，好讓靈魂能夠解放，回到安息之地，或是主神的擁抱。

跟著精靈軍隊四處作戰，他當然也做過不少將靈魂送回安眠處的殺戮行動。

雖然難受，但那是一種救贖。

只是不免會想到，除了這種方式，難道眞的無法有其他拯救的方法？

扭曲眞的無法反逆？

那具黑暗的身軀當中，當眞再也沒有任何靈魂留存嗎？

「沒錯。」

對於這個猜測，門扉後的陰影直接給予肯定，「完成扭曲後不會立即吞噬所有靈魂，是漸進式，意志越強的靈魂殘留越久，不過也就是遲早的事情。」他看過太多太多的鬼族，不論是人或是神，不管是猥瑣的小偷或是高潔的聖者，只要屈服於恐懼，很快就會永遠消失於世。

已經被毀滅的前一個歷史是如此，這個時代的歷史也是如此。

「那麼，是不是有可能在原先的意識被完全毀滅之前，能夠堅強地抵抗，重新奪回自己的主導權？」雖然只有眨眼剎那，不過殊那律恩也不知道爲什麼有了這種想法。

「有，不過你們這種白色的生命就算意識殘存下來了，一旦看見自己人不人鬼不鬼，馬上就又會發瘋了。」每個白色生命都想要抹殺邪惡，直到輪到自己扭曲，那種心境轉換太過巨大，沒有幾個人能夠接受自己成爲終其一生想毀滅的存在，很快就會崩潰，「所以不管如何，都會變成鬼族，你是在浪費時間。」

殊那律恩皺起眉，他總覺得似乎可以做點什麼。

「對了，那種二次崩潰的鬼族會特別地凶，有些會變成高階鬼族或是鬼王。」陰影補上一句：「你如果要做實驗當心被咬死。」

「我不想做實驗，我想儘可能挽救。」現在還想不出個所以然，殊那律恩想想，決定等回到了精靈族之後，再好好研究這部分，說不定結合精靈術法與時間術法，能夠在某方面有所突破。

「天眞。」陰影搖搖頭，覺得果然就是個孩子。

自然他不會明說，雖然記憶部分有殘缺，不過在漫長歲月的印象中，也不是沒有人質疑過這點，但是大部分以此實驗的人都被扭曲反噬，成爲鬼族的飼料；那些原本還以爲自己有救的扭曲者吃了人，會變得更加瘋狂與凶殘，完全沒有幫助。

只有這種精靈小孩才會還作著這種可能挽回的美夢。

反正再過幾年，孩童成長，就會知道這只是妄想，連一點成爲希望的價值都沒有。

「對了，你對黑術師做了什麼。」精靈直接把臉探進去看門後面的人，接著被一巴長按在臉上推出黑暗。他嘖嘖了兩聲，覺得陰影眞的很小氣，完全不肯分享一絲黑暗中的感覺。「黑術師很難死亡，他們的靈魂通常會繫結在另外一處。」但是昨天陰影顯然徹底毀滅了那名黑術師，連同遠方的靈魂都難以倖免，如果黑術師身邊有部下或是同伴，現在應該已經驚慌失措了，畢竟遠端摧毀靈魂的手法，是眞的很嚇人。

「只是把他的『生』全都吞掉而已。」陰影冷冷傳來話語，「用你們的話來說，是瞬間咒殺，成爲我的糧食，毀滅世界時如果沒有要做鬼族，一次可以吃掉成千上萬人，很快。」

「……」殊那律恩搓搓自己的手臂，覺得毛骨悚然。

「不過那是完全體，現在『我』只是被分裂的一部分。」然而這部分對付那種黑術師已經綽綽有餘。「說了你也聽不懂。」

「大致上可以理解。」可能那就是身爲兵器的獵食本能吧，精靈想著，就像別人要他們解釋與生俱來能與生命靈魂交談的能力，他們也得花費很大的工夫，才能讓並非精靈弟兄的人們聽懂，所以他更傾向直接告訴對方這是精靈天賦解決一切，省得解釋太多。

話題暫時到了一個段落，門扉前後的兩人若有所思，各自想著自己懷抱的事物。

又過了好一會兒，陰影才開口：「什麼時候離開？」

「嗯……把剩餘的亡者送回安息之地，淨化了村莊土地之後吧。」精靈也知道不會在這片土地上停留太久。對於發現陰影與封印地這件事情，他打算就這麼隱藏在心中，既然封印地早已被破壞，這些年世界的安穩其實就是陰影本身沉寂所換來的，陰影並沒有觸碰世界的打算，是不是就能夠不再對他施加封鎖，讓他能安安靜靜地照料自己的小樹木，過著原先的生活。

……

殊那律恩在心中默默嘆口氣，陰影原先的也不叫生活啊，在黑暗裡自己存活幾百幾千年，沒有交談對象也沒有更多事物，只是另一種折磨精神的囚禁。

「那就早點走吧。」

門後陰影站起身，氣息消失在走廊盡頭。

有瞬間，殊那律恩覺得自己很殘忍，或許百靈鳥們也是殘忍的，如果重新製作封印，讓陰影完全沉睡，不去思考想念美好事物，也許這才是最好的辦法。

生為兵器，難道就該如此？

這個煩惱直到所有亡靈都回歸安息之地後，還是沒有被解決。

有了必須思考的事物，時間反而過得更快了。一眨眼，連村莊土地都已淨化乾淨，終於還是到了必須得離開的日子。

殊那律恩沒有撤去上面村子的空間術法，他認為還是將結界留著比較好，至少不會有人誤闖，發現封印地的機率便更低了，且陰影也不在意那個東西，於是他將結界加固，就這麼安置下來。

要離開那天，書冊與舖蓋都重新收回儲物術法，謄寫的石牆記錄也都妥妥地收納好，精靈確定沒有遺落任何物品後，轉身打算去告別時，看見陰影提了一袋東西從門後走出來。

「奇納納果實。」打開包裹，陰影在裡面裝了不少那種紅色果子，「這是最後的樹，奇納納的種子難以取得，果實裡面的籽沒有辦法成為樹苗，只能吃，你就帶回去給那些精靈開開眼界吧，這是上一個歷史遺留的東西。」

「謝謝。」接過包裹，殊那律恩想了想，從自己腰際解下短刀，「雖然你或許不會使用到，不過這是兄長贈予我的成年之禮，我希望能夠留在此處。」

「喔。」陰影接過來，很輕巧，看起來就像小孩子的刀刃，不過能夠感覺到上頭附著的精靈之力與守護，看來這精靈的哥哥也是有下苦心在雕琢這柄短刀。

「我會再來的。」不自覺地，殊那律恩脫口而出，連自己都訝異話語中帶著承諾的意味。

陰影皺起眉，顯然對這句話很反感。「不要再來了。」又不是什麼觀光勝地，一個精靈跑來陰影的住處到底想幹什麼，哪天被時間種族發現，可能會被當成同夥一起打死。盯著精靈有點落寞的臉，他突然發現剛剛的對話裡好像有哪裡不太對勁。

「怎麼了？」看陰影表情有點奇怪，殊那律恩猜想對方可能真的有點捨不得外來的陪伴。

「你說這是成年禮？」陰影瞇起眼睛，如果他沒有記錯，精靈應該是百歲成年？

「嗯，對呀。」精靈點點頭。

「你幾歲？」這小孩怎麼看都不像是領成年禮的樣子。

「我已經是未千精靈了。」再過一陣子就千歲啦！

「……」

陰影第二次離開封印之地時，手上提著嬌小的冰牙精靈，踏上了淨化乾淨的村莊廢墟，接著一腳把精靈踹出村莊門口。

「滾。」

簡直詐欺！

❀

冰牙族的二王子重新回到族內時，世界戰火正好到了一個停頓點。

侵略者與被侵略者因長期大小不一的對峙，兩方資源逐漸匱乏，於是邪惡終於消停潛入黑暗，白色種族也趁機休養生息，開始重建家園。

原先到處征戰的冰牙族軍隊大半也終於能夠回到族內，一時之間整座城都的精靈似乎又回到全盛時期，數量大增。

烽煙暫熄，各種族也迅速重新建立商道與交流，而因爲邪惡帶來的傷害，精靈術師瞬間大受歡迎了起來，許多人爭相到各精靈族邀請精靈術師前往自己部族教導術法，以便建立起更強的結界，好抵禦未來邪惡竄動時的攻擊。

誰都不知道邪惡何時會再次席捲世界，只能抓緊時間加快動作，爭取最多資源打造足以生存的堡壘，以求下次戰火爆發時，能夠順利帶領土地上的生命度過難關，將血脈延續下去。

一時之間，世界各地又開始熱鬧了起來。

「你不打算到各地走走嗎？」

路過書庫時，泰那羅恩好笑地看見自己的二弟還是窩在昨天看見他的原處，基本上沒什麼移動，像生了根的植物般。

「好。」埋在書本當中，殊那律恩其實沒聽清楚對方說了什麼，以為是叫他去吃飯，所以很自然地回答。

「……」泰那羅恩走過去，隨手拿起本古冊翻了兩頁，「為何在看陰影的記載？」

「有些疑惑。」殊那律恩放下竹簡，微微歪著腦袋，有些零亂的銀白色長髮跟著擺動了兩下，讓他本就帶著稚氣的臉看起來又多了份單純無邪，然後被兄長拉過去鬆開髮辮重新整理。

「陰影只要甦醒，就會有警告世界的徵兆與歌謠傳出，我只是在想，如果有陰影甦醒了，卻沒有任何世界徵兆，那將發生什麼事情？」

所有精靈都知道，世界出現可怕事物時，不論是星空或是晴空，都將有徵兆，但是殊那律恩很確定這次並沒有。從封印地回來後，他只要一有空閒就會翻找典籍，關於那名陰影，眞的有太多太多未解之謎。但這也不是能隨便問人的事，即使是自己的老師們，他也不敢隨便發問陰影相關之事，深怕不小心被發現端倪，只能土法煉鋼地慢慢查找過往記錄。

「這是不可能會發生的事。」泰那羅恩梳紮好弟弟的髮，滿意地摸摸對方的頭，然後坐到一邊，「只要陰影甦醒，世界必有警語，不論是風或是水，黑暗所帶來的變動都將引起萬物的恐懼，主神也將給予預言，讓精靈能有所準備。」

殊那律恩想了想，他也沒收到主神的預言。「或許有萬分之一的可能，在世界某個角落有陰影這麼甦醒了，卻沒人察覺呢？」

「我依然認爲不可能。」泰那羅恩沉思了半晌，語氣輕柔地說道：「但就我所知，數千年前精靈王曾遇過特例，雖然與你所設想的狀況不太相同，然而那時確實沒有得到世界警語，就連時間種族都意外地毫無察覺，當時潛伏在暗處的陰影伏擊了白精靈城都，造成嚴重死傷的遺憾後果。」

「數千年前？」殊那律恩皺起眉，「我卻沒見過這個記錄。」

「嗯，此事並未被記錄下來，因爲當時與現在一樣烽火連天，精靈們擔心這樣的特例會引起種族恐慌，所以封鎖全部消息，僅有後來口耳相傳的隻字片語被留存。父親是當年倖存的活口之一，只是這樣的事情，他也僅只提過一次，我知道的並不詳細。」迎向弟弟期待的目光，泰那羅恩嘆了口氣，說：「那名陰影所化之人，打從一開始就沒有沉睡。」

「……！」殊那律恩覺得自己的心震動了下，不過外表掩飾得很好，並沒有讓兄長看出異狀。

「應該如此說——那名陰影甦醒的時間已非常久遠，似乎早在數百年前便已清醒了，當時世界的確出現過預警，然而巧合的是，在戰爭中爲了得到勝利，有其他種族不惜化身爲惡，擊破了其他陰影的封印之處，所以人們當時並沒有發現甦醒的陰影竟然有兩名；另一名清醒後，很快將自己藏匿起來，掩蓋了力量與氣息，甚至連時間種族都沒有發現，直到他花了數百年的時間在黑暗世界茁壯自己，帶著大量鬼族前來復仇。」因爲甦醒時的預警被人們所錯過，之後種族又將精神全耗在封印同時清醒的另名陰影上，所以當第二名陰影百年後再出現於世界並暴露出自己的邪惡時，萬物預警已經全都遲了。

「不過這也就是唯一的特例，先前往後都沒有再出現過，時間種族與白精靈弟兄們重回了所有記載的封印地中進行加固，現在應該不會再發生那樣的憾事。」泰那羅恩嘆了口氣，爲當時失去生命的同族吟唱禱文。

看著兄長，殊那律恩在心裡有些無奈。

他遇見的，顯然是第二個特例了，已經清醒很久這點與過往例子一樣，他得去找找最近數百年間是否有小規模的陰影或是邪惡爆發，以至於遮蓋掉他所知的陰影甦醒時所產生的預警。

「別讓自己太過困擾了。」摸摸弟弟的腦袋，泰那羅恩再次綻出溫和寵溺的笑容，「要是亞那學了你這樣，可就讓人有得煩惱了，畢竟都還未懂事，幾乎就與你甫誕生時差不多呢。」

「我不太明白？」殊那律恩也去看過幾次幼弟，也就是傻乎乎的一個小糰子，每次見到人便傻乎乎笑得燦爛無比，靠著那張笑顏已經得到了許多精靈的寵愛，現在時不時就擠滿了一群精靈想要摸摸小王子，連他們這兩個哥哥都不見得能排得到隊。

泰那羅恩笑了笑，沒說什麼。

兩人在書庫又待了一會兒，大王子才再次打破沉靜。「焰瞳族的兄弟們想要邀請你前往，一起研究戰後術法，似乎在焰瞳族也有極好的精靈術師，在前幾次戰爭中表現得極爲出色，若是你有興趣，可以藉此出去走走。」

「也好。」殊那律恩點點頭。他覺得自己再不出去走走，估計兄長明天還是會再來勸他出去到處看看，不要整天窩在書庫。「明天出發。」想知道的事情已經差不多都知道了，確實可以出門散步。

「欸？」

這次換成大王子吃驚了。

※

雖說名目上是要去焰瞳族互相交流術法，不過在大半年的相互學習後，殊那律恩還是找了些理由，自焰瞳族離開。

其實這並不像自己的作風，精靈術師如果遇上合得來的同族群體，待上個幾年甚至幾十年都不是罕見的事，也因此在他提出要離開時，焰瞳族仍很依依不捨。當然二王子多少也覺得可惜，只是心中若懷抱著記掛，再如何喜愛的事物還是必須暫且放下，否則會如同哽著鈍刺般難以享受樂趣。

他很擔心在這段時間裡，封印地的祕密被人發現，或是自己的結界又被黑術師破開，又或者陰影很可能基於某種理由，突然踏出封印地。

總之，他覺得沒有親眼看看，還是很不踏實。

就這麼樣，精靈第三次踏進了封印之地。

而同個時間中，四散於世界各地搜索廢棄村莊的精靈術師們開始傳回訊息。

如同冰牙族二王子所遇見的一樣，經歷戰火與血的洗禮之後，有數個無人靠近又偏遠的廢棄村落被發現食魂死靈的蹤影。爲了不影響其他種族，精靈們壓下了如此悲慘的事件，各部族加速派出精靈術師與戰士部隊，依照冰牙族傳授的方式，分解那些隱藏的邪惡受害者。過程中，不斷傳出精靈部隊中有術師或戰士折損的消息，讓原先歡慶的短暫和平抹上了一層看不見的陰霾。

「既然如此擔心，就別縮在此處。」

看著再次出現的精靈每日都要收到幾封各地精靈傳來的信箋，陰影實在搞不懂對方究竟想做什麼。

既然已經不是孩子，爲何要刻意與危險相伴？

「嗯，那我去去就回。」精靈朝著黑暗一笑。

……

……

也不是要你回好嗎？

陰影翻了翻白眼。

之後十多年間，精靈一直維持這種來來去去的模式，不時到這封印之處寄居一段時間，然後回到精靈族，接著又從精靈族出發到各地走走，又繞回封印地，將一路上所有見聞編織得如同精采故事般，一件件告訴陰影。

不論是月靈與夜空鳥的傳說，又或是天使對惡魔的交戰……在不知不覺間，陰影所知的世界已經出現各式各樣不同、各有特色的種族，那些生命將世界變得更加多彩，有時陰影也會聽得羨慕，但依然沒有表露在臉上，只是擺著相同冰冷的表情看著精靈兀自說得很起勁。

原先以為精靈只是一時圖個新鮮，往後很快就會離開此處，然而陰影沒想到的是，異常有耐心的精靈竟然持續了十多年之久，那些故事也跟著不斷被帶入原先空冷的封印地當中，在陰暗的空間中抹上了些許淡淡色彩。

不知道多少次花開花落、季節更替帶來了精靈，有時身上斗篷落滿細雪，有時候單薄的衣物上充滿烈陽朝氣，每一次的到來都有著不同的面貌，即使一年一年過去，每回看到精靈突然從黑暗中落下，然後石製大廳轉為光明時，陰影都有種眼前一亮的感覺。

石大廳漸漸堆起了日用品，古老的書卷，散步路途上得到的擺飾品，不能帶回精靈族的邪惡物品。

「這裡頭有一位吸食靈魂的咒殺之鬼，因為年代太過久遠已無法消除戾氣，我想你的黑暗能夠鎮壓不祥，就拜託你了。」抱著美麗的陶瓷娃娃，精靈如此說道，然後自說自話地把娃娃塞到陰影懷中，「如果又流落出去，會造成許多傷害，就借用你的居所放置了。」

無言地把視線轉向旁邊，原先只是擺設用的石製長桌上已堆滿了類似這樣的東西。不論是詛咒的娃娃，詛咒的木雕，詛咒的蹴鞠，詛咒的衣服……各式各樣、五花八門，裡面充滿凶靈的東西被堆到上頭，每次陰影從門扉後走出來，就感覺到幾十個惡靈瑟瑟發抖。

如果能滅掉或吃掉就好了。

偏偏精靈記憶力極佳，完全記得自己寄放了什麼，暫居此地時最大的嗜好就是研究該怎麼淨化這些東西。原先那些凶靈還不將他當一回事，各種詛咒嘲諷謾罵，後來才發現這名精靈術師完全可以用兩根指頭掐死他們，於是那一大群瑟瑟發抖的加倍抖得更厲害了。

死寂的封印地，不知何時開始變得更加熱鬧起來。

清醒後，陰影唯一能做的事除了思念記憶裡的事物之外，就只有看著小樹木，他從未想過自己會被打擾得如此厲害。

日復一日，他也學會無聊時候走出石大廳，坐在那些惡靈前，看畏懼恐怖黑暗的惡靈痛哭流涕又因爲精靈術法逃不掉的樣子。

嗯，勉強是個娛樂。

當然，他不會告訴精靈爲什麼有時候那些詛咒之物會嚇得奄奄一息的原因。故意在桌前坐一整晚讓凶靈們心靈崩潰什麼的打發時間，他才懶得說。

外頭的世界，日升又日落。

不知道是精靈給的肥料起效，又或者是因爲有白花陪伴，那棵長了許久的小樹木一轉眼抽得相當高，顏色也深了不少，艷紅紅的果實纍纍，一次可以採滿一大布袋讓精靈帶回去慢慢食用——陰影本身不需要食物，偶爾咬食也只是圖個樂趣。

多餘的果實落地之後沉入土地中，黑暗裡的土壤也更加肥沃。

這些年來，白花也已經延展了一大片，雖然只在地底接受少許陽光，但也開得很好，讓人心情放鬆的香氣不曾斷過，每當陰影煩躁時，白花總是能撫慰他的躁慮，閉上眼睛迎來放鬆的淺淺睡眠。

就這麼地，不知不覺過了十五年。

從最開始把精靈誤認爲孩童，一直到他們熟悉彼此的性格，陰影已對精靈把這裡當成一個小窩的這種舉動感到習以爲常。

思念百靈鳥的時間越來越少，取而代之的是嬌小的精靈鑽進黑暗，點亮了大廳，然後爲他帶來一個又一個不同的見聞與故事，還有各式各樣寄託的小麻煩，又或是某些可口美味的特色小點心……這些事物，讓陰影在漫長的清醒時間中減緩許多的痛苦，也不再那麼孤寂。

「所以，你幫他們取了名字？」某次來訪時，精靈訝異地看著陰影對著那些詛咒凶靈喊小名。

「方便記。」陰影指著第一個送來的詛咒油燈，「一，然後那個是二，三、四、五……」

「……」

原來是編號。

瑟瑟發抖的凶靈也覺得自己很委屈，但是無法反抗，還不如寄望精靈快點找到消滅他們的方法脫離苦海算了。

再下一次寄住時，殊那律恩看見某個被喊八的凶靈被放出封印，化爲邪惡恐怖的巨大實體，揮舞著八條手臂，面孔扭曲地拿著抹布在擦牆壁，將那些壁雕擦得一塵不染。

「……」

「住在這裡要繳房租。」陰影理所當然地指使凶靈做家事。

凶靈們更加委屈了，因爲不是他們自己想要住，有恐怖的屋主還要被迫出勞力打掃各處，太慘了。

「我覺得即使不淨化，這樣也挺好的。」殊那律恩打從心裡敬佩地感歎。

滿滿一桌的詛咒物差點集體哭出來，很想懇求精靈不要放棄淨化他們。

時間又緩緩流逝。

有的凶靈被淨化離世，然後空位塡補上新的詛咒物品。

陰影看著閃閃發亮的大廳，很滿意。

這種生活或許會持續下去，也或許會因爲某些事物終止。

精靈的壽命很長，顯然又很有耐心一來一返，他們都覺得這已經快要是他們的日常。

直到那一日，精靈從黑暗中落下，這次帶來的不是光明，在黑暗中，淡淡的血氣飄過了門後長廊，傳進正要起身迎接友人的陰影鼻子中。

石大廳被點亮，陰影看見精靈倒臥在大廳一角，蜷起的身體看起來很小，就像被人隨手拋棄的一小塊毛團，既冰冷又氣息微弱，白色的血液在他身下擴張，滲入了地磚當中。

陰影瞬間出現在精靈身邊，扶起他後，看見精靈胸口被不明凶器劈開一個大洞，幾能見骨，白色的血不斷湧出，但最危險的卻是已經被感染毒素的皮肉，不斷讓精靈發黑的劇毒十分刺眼，精靈天生能淨化毒素的身體似乎沒有起到作用，劇毒正在快速擴大。

殊那律恩咳了聲，吐出血沫。

「我要怎麼救你？」抱起精靈，陰影冷靜地將人放置到小床鋪上。

僅剩一絲意識的精靈抬起手，許多瓶瓶罐罐從儲物術法中掉落，然後他便徹底昏過去了。

陰影看著那些堆疊得像小山的瓶罐，沉默了。

全部用嗎？

殊那律恩甦醒時，渾身痠痛。

然而被襲擊之後只有痠痛，應該算是不錯的結果了。

「解釋一下。」

冷冷的聲音從旁邊傳來，本來想要睜開眼睛的精靈停頓了半晌，決定繼續裝死。

「我知道你醒了，睡了兩天，不解釋原因的話，我就把你從這裡扔出去。」

陰影聲音很殘酷地繼續飄來，於是殊那律恩也不得不乖乖睜開眼睛，有些無辜地看著完全不同情傷患的黑暗。「在路上被黑術師襲擊了。」

坐在邊上的陰影挑起眉，擺明不信。

這些年下來他已經很明白精靈的能耐，別說是被黑術師偷襲，就是被妖魔偷襲也不太可能。雖然他老是說自己是不怎樣的精靈術師，然而他展現的能耐，已經足以說明他是精靈族當中數一數二的精靈術師，根本不是他自以爲的雜魚術師，說不定再過個百千年，就會被記錄到偉大的精靈術師一頁當中。

所以就算眞有黑術師偷襲，大多也會落得被精靈逆襲的下場，陰影從來沒見過他這麼慘的一面。

「是眞的。」捂著因爲清醒而開始有些泛疼的傷處，精靈慢慢撐起身體，接過陰影倒來的茶水，先飲了一口潤潤乾澀的喉嚨與嘴巴之後才繼續說道：「我未曾想過他們會殘忍地剝下孩童的皮，用來遮掩自己的身分。」

實際的狀況是，他正如同往常般在各地散步遊走，順便收集各地部族的術法、醫術與歷史傳說等記載資料。戰後十多年間，精靈是最快被各種族信任，得以自由穿梭在土地上的白色種族，如同他們的先輩同族般，也肩負協助各種友善的貿易橋梁。雖然並沒有正式委託，也不負責幫忙這些的殊那律恩每到一個部族停留時，還是會有不少人託付他順手幫忙傳遞些事物，或是打聽外界的情報。

前不久停留在一個妖精小村莊時，就如此受到請求——有名逃出原本城鎮的婦人在他出村前攔住他的去路，聲淚俱下地拜託他行走各地時能幫忙打聽失散幼子的下落。仔細詢問後，婦人居住的城鎮在數月前發生了嚴重的瘟疫，患病而死的妖精數量極爲龐大，似乎是某種針對妖精的不治之症，就連藥師都因爲治療族人而染病身亡，從病發到死亡不過兩、三日的時間，引起了倖存妖精的恐慌，紛紛逃出小鎮；隨後小鎮便被最後離開的鎮長封鎖，外界無法闖入，成爲完全的死城。

婦人的孩子就是在那場逃離騷動中走失的，雖然有血緣連繫，但奇異的是不管如何都找不到孩子的下落，每次依靠連結四處奔波想要找到對方，孩子的連繫卻又平空蒸發般地消失，她幾乎找到絕望了，只想託請精靈，若是有可能，能替她打聽那孩子究竟去了什麼地方。

「後來我覺得那名孩子很有可能誤闖回原本的小鎮上，因爲有封鎖結界的阻隔，才會呈現無法尋找的匪夷所思狀況。」畢竟沒有什麼重要的事情得做，殊那律恩一有了這樣的想法，便繞路去了小鎮，封鎖結界當然阻擋不了他，輕輕鬆鬆便進入了已經成爲死亡之城的小鎮。「沒想到裡頭竟有一隻食魂死靈，眞是把我嚇壞了，所以我就趕緊退出，打算找個時間去處理。」

「瘟疫是黑術師搞的鬼？」陰影聽到這邊，大致上已猜到八、九成。估計是黑術師不知道用了什麼邪惡術法製造出小鎮妖精無法治癒的疾病，之後又故技重施弄了個食魂死靈出來養。

「嗯，我檢查過骸骨，確實是黑術法煉製出來的致命病菌，更可以說是種詛咒，看著像是用妖精血液煉製，也難怪無法治療。」殊那律恩嘆了口氣，「眞是令人痛心，如此多生命就這樣白白死去……不過我在離開小鎮後，很快就找到那名孩子，他昏迷在附近的小路，當時我以為他感染了詛咒，但不明原因讓他陷入假死狀態。」

撿到孩子後，因為小孩身體很虛弱，又極須解咒調養，所以精靈就近找了個村莊暫且住了下來，再請人去告知婦人這件事，自己則專心替孩子治療。當時只覺得治療很順利，約莫過了三天，小孩就痊癒了，又吃了不少營養的食物，很快便蹦蹦跳跳起來，因為被精靈救了一條命，所以特別黏在精靈身邊。

「這套路眞老，所以你就愚蠢地把那鬼東西帶在身邊養，某天突然被劈了一刀對吧。」陰影完全可以猜到發生什麼事情。

「是啊……因為遲遲沒等到消息，那孩子又已完全復元，我便帶著他先出發去尋找他母親，有一天早上幫他摘取果實時，他突然鑽到我懷裡，還以為是要撒嬌呢，沒想到就被砍了一刀……不，其實是兩刀。」同個傷口被砍了兩次，殊那律恩眞不想回憶當時的震驚，眼前乖巧的孩子外皮裂開，從裡面爬出邪惡又腐朽的黑暗，陰森森地撲過來繼續攻擊他。

不過震驚歸震驚，精靈還是本能地抵擋反抗，很快就打退其實不強的黑術師，拖著重傷離開。

「我想了想，這樣回到冰牙族會造成大騷動，可以養傷又不怕被牽連，而且還會有人幫忙顧門……咳，有人能夠幫忙阻擋黑術師的地方，也就只有這裡了。」拉開胸前的白布，精靈檢視著自己的傷口，順帶忽略掉陰影鄙視的白眼。「沒想到你眞找對藥。」

「沒有，我每一罐都倒上去，反正你們精靈可以自行排除大部分毒素，混在一起用估計不會死。」陰影當然不可能在那堆藥裡找到正確治療這種詭異傷勢的藥物，反正外敷的就全都撒上去，內用的就混水悉數灌下去，睡兩天就醒了。

「……」殊那律恩覺得自己意識模糊當下只有丟出不會交互產生毒物的藥眞是太好了。

「那是什麼毒？」陰影看他一杯水喝完了，接過水杯，塞了紅色的果子。

「針對精靈的毒，看來他們不只取得妖精的血製作疾病，手上也擁有精靈血可製造毒物，幸好技術還不純熟，傷害不大。」確認毒素已完全清除，殊那律恩咬了口果子，「得盡快找出製造處，否則會有更多兄弟受傷。」

或許是這幾年精靈在檯面下大肆清除食魂死靈，功虧一簣的黑術師們怨恨之心已經滿溢，開始鑽研能更有效傷害精靈的手段。

相當地不妙啊。

萬一讓這種毒研究成功，未來精靈必定會面臨極爲可怕的死傷戰役。

「我幫你吧。」

「嗯？」正在思考如何找到黑術師基地，殊那律恩沒有聽清楚對方的話。

「既然衝著精靈，那麼你行走在世界上會非常危險，我幫你吧。」陰影冷眼看著一臉空白的精靈，重複一次自己的話。

「……你能出去？呃、不，我的意思是，你離開這裡不會被獵捕嗎？」出去是當然可以出去，但精靈擔心的是隨之而來的同族與時間種族，這會讓陰影原本和平的小生活消失破裂。

「那也要他們能找到。」陰影冷冷地笑了。

「……」

認眞的嗎？

精靈繼續表情空白。

# 第九話　最初的旅程

事實證明，陰影不但很認真，而且還非常地認真。

坐在旁側的陰影瞬間收回自己所有力量與氣息時，精靈吃驚地發現，眼前陰影看起來眞的就像普通的種族一樣，只是分辨不出是什麼種族，光看外表與沒有任何特徵的微小力量，可能會讓人錯認爲是人類。

就連身爲精靈術師的自己用術法前後探測了幾次，也捕捉不到任何黑暗氣息。

這麼一來，確實不會引起各方注意，殊那律恩大致上也明白了兄長先前說的被忽略的陰影是怎麼潛伏在世界之中而沒被發現這件事。

如果一個陰影碎片就有這種能耐，那麼世界種族對於強大黑暗甦醒時的萬物示警很可能要大幅修正。

「等你養好傷，就出發。」

「欸？」

陰影只要打定主意就很難勸止，經過長時間的認識，精靈明白對方有些執拗的性格。

既然要從這裡走出去，就算僞裝得再怎麼徹底，還是令人膽戰心驚。養傷期間，殊那律恩製作了許多術法放置到陰影身上，盡量想將風險壓到最低，避免被發現。

比起精靈的緊張，陰影反而顯得悠閒。

大概是隔了許久要重新回到世界，他突然覺得有不少事情得在出門前做一做。陰影讓那些凶靈好好地又把石大廳打掃一番，把精靈帶來的某些容易受潮損壞的物品安置放好，又仔細地照料樹與花朵，放置了能按時餵養水分與肥料的術法。

就這麼東摸西摸，精靈的傷勢也逐漸好轉，又過了一些時日，傷口只剩下淺淡的疤痕，終於讓陰影點頭放行。

於是，在精靈的戰戰兢兢中，兩人就這樣離開了封印地，再次踏上了已被淨化乾淨的村莊殘骸。

隨著時光過去，殊那律恩每次來訪時總會在村裡整理整理，十幾年下來，原先破敗的村莊殘骸早就被撿拾乾淨，盤據的毒蟲蛇鼠什麼的也都遷移到更適合牠們的去處。一塊塊墓碑被豎起，大部分都沒有名姓，碑文空白，無法再使用的腐敗建築早已全拆光並焚燒乾淨，避免殘留病菌毒素；能用的部分被精靈細心地拆開重組，建了小小的涼亭與座椅，就座落在整片被種滿花花草草的原村落遺址上。

二度踏上這塊土地時，陰影滿驚訝的，沒想到精靈有耐心把這片死地重建成美麗的墓園，放眼望去開滿了白色小花，與他黑暗中那片小花圃同一品種，不過畢竟此處有更好的土地與陽光，所以花開得非常茂盛，極具燦爛的生命力，風一吹來，令人心神安寧的清香飄散，很想直接就這樣躺下來好好小憩一會兒。

「別浪費時間，走吧。」將真的想要窩下來的精靈拽起來，陰影知道這些精靈天生的懶散個性，要是讓他們找到個好地方，他們可以在那邊生根一整天或一整個月。

某方面來說，精靈和植物挺相似的。

匆促決定的首次旅程就這樣展開了。

不知道是陰影真的很會藏匿氣息，又或是精靈的偽裝術法奏效，他們就這樣旅行了將近一個月都沒有被任何精靈族或是時間種族找上，路過的幾個村莊也都只當是名人類武士和精靈同行，覺得有些好奇而多看了兩眼。

這個年代，戰爭過後，萬物重新復甦之時，冒險者團隊也開始遊走各地，所以像精靈與人類這樣的組合並不會太過突兀，甚至有些村莊路人還會主動告知他們能在哪裡看見懸賞單，可以幫忙清理魔物領賞金等等訊息。

又過了段時間，殊那律恩才總算放心下來。

再次與黑術師交鋒也是這期間發生的事情。就如同他們所料，精靈們不斷破壞食魂死靈飼養地已經被集體懷恨，所以看見精靈小孩與人類到處遊蕩時，很快就有邪惡盯上他們，在一個既沒有星星也沒有月亮的深黑夜晚，融入黑暗中的黑術師正打算割下精靈的腦袋去警告他的同族，萬萬沒想到自己竟然會活生生從保護他的黑色中被拖出來。被奇怪的人類抓住時，他還以爲是僥倖，直到人類一掌拍碎他的身體及連結的靈魂核心，完全消滅前那一刻，他都不知道自己究竟是怎麼死在人類手下，連詛咒都來不及發出。

接著又過了幾天，來襲的黑術師一樣被陰影一巴掌拍死，接著第三名也是這樣灰飛煙滅。

殊那律恩看著有點感嘆，這些黑術師也是高手，可能沒想到居然會有死得不明不白的一天，看顧他們靈魂核心的同夥估計也很震驚。

就這樣，襲擊精靈小孩的黑術師皆有去無回且隨著時日增多，黑暗中的傳言也逐漸多了起來，有名精靈殺手正在四處獵殺黑術師，讓更多邪惡開始蠢蠢欲動，亟欲擊殺這名獵手——畢竟殺掉那麼多黑術師，肯定已得到大量黑暗力量，如果從精靈手上奪過來吞噬，必定會是能瞬間成爲鬼王等級的龐大資源。

然而邪惡們不知道的是，陰影拍碎就是拍碎了，連個力量渣都沒有殘留，就算有也會被陰影吞噬，被同化成爲世界兵器的一部分，壓根輪不到邪惡們挖取吃食。

站在樹梢上，殊那律恩聆聽著風中傳來的消息與那些陰暗的傳言，笑了笑，帶著白鳥從樹上輕巧躍下，穩穩站在陰影面前，「兄長傳來一些消息，冰牙弟兄們發現了疑似黑術師的巢穴，我們或許可以往神指引的方位走。」

精靈獵手的流言傳出之後，各地精靈們按照情報流傳與獵手經過的位置加以調查，熟識殊那律恩的泰那羅恩很快就從外貌與力量軌跡猜出是自己到處散步的二弟，只是不明白爲什麼會有另一人同行，剛開始時派了信使來詢問。

殊那律恩避重就輕地回覆兄長，是在路上認識的人類黑術師，因爲某些原因要摧毀黑暗，所以才學會黑色的術法，但是他保證絕對不會傷害善良生物，請兄長絕對要保密這件事情。基於對弟弟的信任，泰那羅恩同意這個請求，在各族會議上隱藏了精靈獵手的身分，並遮掩他們的行蹤。

於是獵手精靈的眞面目還沒被流傳開，只有幾名冰牙精靈知曉，並按時爲他們傳遞準確的消息，加速清理邪惡的腳步。

透過精靈們的幫忙，他們很快就找上了一處黑術師巢穴，陰影也在眨眼間無聲無息地摧毀整座基地，連通訊術法都被銷毀，太陽再次升起時，又少了一個拒絕陽光的黑暗巢穴。

爾後數年，殊那律恩與陰影便時不時離開封印地，在世界各處走走停停，終於對精靈獵手感到害怕的邪惡漸漸隱藏得更深，不再輕易襲擊村莊部落，完全潛伏了起來。

他們的旅行，也就開始變成眞正的散步旅行了。

然而，愉快的旅行也僅僅持續一陣子。

「不出去了？」

再次到訪封印地的殊那律恩原本想邀陰影到水族走走，水族近期開放了一條對外商路，沿途景觀極爲特殊，就連精靈族都很少見。原本以爲陰影會很有興趣，沒想到對方並沒有特別喜悅，而是直接回覆他再也不離開封印地的答案。

「嗯，先前是怕你被黑術師襲擊，現在能見的根據地已經清理得差不多，就沒有再出去的理由。」陰影淡然回應。

「可……」

「本來也就並非因爲要郊遊才離開這裡，我們答應過艾曼達，無論如何都不會輕易離開，這樣不是比較好嗎。」陰影挑眉看了眼似乎有什麼話想說的精靈，突然覺得有點好笑，世界上每個種族都希望他們被封印起來，甚至最好完全消失在這個世界上，這個精靈倒好，還旅遊上癮了。他當然有發現最近精靈跑來這裡邀自己出去的間隔時間縮短了，談話也從原本「精靈弟兄們找到疑似黑術師巢穴，去看看吧」變成「最近聽見許多人談論哪些美麗的地方，去看看吧」；這種轉變並不是好事，至少對精靈和整個世界而言。

想離開這裡嗎？

當然是想的。

然而陰影總是會想起記憶中，百靈鳥們爲了世界懇切的請求。

他是不該離開。

就算痛苦，也不能假裝自己是白色種族繼續在這世界上四處留下足跡。

他和精靈一起走過許多土地，看過那些無知的普通居民們喜於和平露出的純粹笑顏，沒有邪惡也沒有戰事，人們日升而做日落而息，與家人朋友一起安安穩穩地過日子；野獸萬物奔馳在生機蓬勃的大地上不受阻礙，夜狼對著圓月咆哮，晴空鳥在藍天中鳴唱，那一幕幕眞的都是很好的畫面。

所以陰影更加明白，只要自己繼續走在白色世界，這些美麗都會再度瞬間崩毀。

艾曼達與菲雅熱愛這些事物，寧願犧牲生命也想要守護一切，眼前的精靈也一樣，那麼就更不該爲了己身慾望去破壞能讓他們露出笑容的物事。

至少，陰影是這麼想的。

眼下精靈已經安全，黑術師不會再襲擊他，就不再有離開封印地的藉口，他該知足地回到他的黑暗，安安靜靜地被世界遺忘。

「也是……」殊那律恩明白對方的意思，先前離開的名目是清掃黑術師，既然黑術師已經回到深淵，陰影自然沒有走出封印地的理由。

「你也少來吧。」陰影走回門扉之後，身形融入黑暗中，「原本就不該來。」

「……我這樣很殘酷，對吧。」站在門扉前，精靈低下頭，「明知道陰影不該現身於此年代，但我還是希望你能離開這種地方，就像其他種族一樣擁有自由。」如果人人都懼怕的凶器實際上能夠掌控自己，不會帶來傷害，那麼有什麼理由不能給予他們在世界上遊走的自由？

只是他這麼想，世界種族卻不會這麼想，就像他們長年誤解「黑色種族」也是邪惡的一員，卻忽視了他們可能是無害的「夜之種族」這樣的事實。

他想讓陰影見識更多世界上的美好，但卻不能保證世界接受他，帶他走進陽光，總有一天卻又得回到黑暗中接受封印……他確實對陰影很殘酷。

「你誤會了，我從來沒有憎恨過百靈鳥，一次也沒有認爲他們殘酷過，我可以爲了百靈鳥們不毀滅世界，就像對你也是。」黑暗中傳來的聲音既沉穩又堅定，「我們被封印是因爲世界上還有值得被留存的美麗事物，直到世界不再有那些美好，只剩下腐朽與邪惡、不值得留念之時，我才會眞正地成爲『陰影』。」

殊那律恩嘆了口氣，抱著腳縮在門前，覺得身後門板涼涼的。

怎麼會遇到這麼自律的黑暗呢。

書上見過的都巴不得逃出封印，這種自己又縮回來的根本史無前例，連想要和泰那羅恩商量都不知該如何說起。

「你不用想太多，我早就習慣了。」

陰影的氣息消失在黑暗中。

這次的拜訪當然沒有預期中愉快。

應該說，其實恢復到先前的樣子，精靈帶著外界的事物來短住，倒也不是什麼大問題，只是一旦出去過、在外面開開心心過，難免就會開始有些小小的遺憾。

返回精靈族後，殊那律恩與平常一樣繼續窩在書庫，盡量查找更多關於陰影的記錄，這十多年的時間裡他已經差不多要把書庫翻遍了，還接二連三溜進精靈王專用的古老書庫看書，連精靈王都不得不妥協開放一部分隨便他查看。

喜歡看書的二王子在冰牙族中已經被稱讚爲可能是有史以來知識最豐富的精靈了。

「二哥。」

聽見歡快的聲音傳來時，殊那律恩才意識到自己不知不覺又在書庫中窩了好幾天，以至於已經叫不動人的泰那羅恩派出他們的小弟來進行餵食。

外貌只比自己小了一點點的少年精靈蹦了進來，手上抱著竹籃，「今天的天氣非常好，芙蘿花開得漫山遍野，連風之精靈都忍不住駐足讓花香染上他們的衣襬，二哥聽見了主神的指引嗎，如果在芙蘿花田用餐的話，必定會十分美味，還能欣賞萬物生氣蓬勃的美景呢，爲何不將時間撥出來一些，讓我們一起前往花田共享美好。」

「你是不是被泰那羅恩禁足了。」瞇起眼睛，殊那律恩很仔細地盯著弟弟白皙的小臉看，右臉側有一點擦傷，這個弟弟不知道是不是好動過頭，一天到晚高高低低地蹦蹦跳跳，雖然會避開在人前過度活潑的舉動，學著哥哥們假裝自己很優雅，但在熟悉的親人面前根本不太修飾，上次殊那律恩抱著竹簡從書庫附近的大樹下經過時，還被樹上掉下來的弟弟壓個正著。

幸好精靈的體重不會壓死精靈，不然殊那律恩覺得自己可能會就這樣被壓出最後一口氣，直接去見主神。

幼弟——亞那瑟恩吐吐舌頭，「今天清晨時，我見到精靈王房頂那尖塔頂端有著晴空鳥在鳴唱，好像很開心似的，所以想上去和牠們分享喜悅，只是發生了些小小的意外，不小心摔了下來，與父親打了個招呼。」

殊那律恩覺得嘴角有點抽，這意思是他爬到精靈王的房頂結果不小心腳滑摔下來，還直接砸到大清早正要離開房間的精靈王頭上吧。

「幸好精靈王陛下明白見到晴空鳥的美好，不介意這有些失禮的舉動。」精靈少年感嘆了一番，讚美著精靈王的胸懷。

「總之，泰那羅恩禁止你這幾天到處亂爬，便乖乖聽話吧。」沒見過這麼像蟲的精靈，一眨眼就會到處亂鑽，眞不知道個性像誰。殊那律恩想想自己和沉穩的兄長，又想想更沉穩的精靈王，再想想他們優雅的母親，然後看著眼前笑容燦爛的三王子。

嗯，基因突變。

「那我們一起出去吧。」抱著二哥的手臂，亞那瑟恩笑著。他很喜歡這位與自己相差不多的二哥，雖然比自己年紀大上不少，但是兩人外貌很相近，相處起來沒有大王子的距離感，而且殊那律恩不會拿精靈禮儀壓自己，講話又很簡單，讓人很放鬆。「芙蘿花田眞的開得很美，還有那裡沒有樹。」

沒有樹，就不在被禁止爬上去的範圍內啦。

「也好。」

殊那律恩活動了筋骨，也是該出去走走了。

或許，又該去散步了。

※

開滿整座山頭的芙蘿花田確實如同三王子所言充滿活力，才剛到達傳送定點，就已經先嗅到淡雅的香氣。

「對了，二哥先前拿回來的果子究竟在哪裡摘取？」很愜意地坐在花田裡，亞那瑟恩與兄長有一搭沒一搭聊著，然後想起了之前對方悄悄帶回精靈族中的果實，那是全然沒有見過的植物，因爲數量不多所以二王子也僅分贈給身邊的幾名精靈，大家都相當訝異，但也不知道爲何，果實內的種子無論怎麼栽種培植、用盡各種方式，依然完全不冒芽，就像靜靜沉睡般，讓擅於培育植物的精靈們有些疑惑和挫折。

但大家詢問了二王子，也只得到果子是路人贈予，他不知道是從何處來，根源在哪裡，以及培育的方式。

不知道爲什麼，亞那瑟恩總覺得二王子其實知道，只是不願意明說，所以給了大家一個友善的掩飾說法。

「朋友送的，但是已經沒辦法培育了。」殊那律恩當然也對果子進行過各種調查，不論是精靈肥料或是應用術法，長不出來就是長不出來，他調查了關於植物的各種古籍，就是找不到名爲「奇納納」的未知果實，看來就如同陰影所說的，這是上個世界最後留下來的一株，只是他不明白爲何陰影身邊的小樹就能夠順利成長。

「眞是奇怪，不過我已經將種子保存下來，或許有一天我們能看見結出這好看果實的樹木，應該也如同那色澤般優雅而美麗。」亞那瑟恩綻出了笑容，有些開心地說著。

看著還相當小的幼弟，殊那律恩突然想起了陰影當初將他誤認爲精靈族小孩子的事情，他就覺得有點好笑，不知道爲什麼，總覺得哪天好像可以讓亞那與陰影認識，弟弟肯定會保密，而且也將會與陰影相處得很好，他認爲弟弟有包容許多種族、甚至是黑色種族的胸懷與開放的想法，未來如果能以此影響更多人，分清楚黑暗與邪惡的不同就好了。

但是現在……

「怎麼了嗎？」亞那瑟恩嗅到風中似乎有絲不祥的氣味，好像有什麼潛入芙蘿花田底下，像是細小的蟲子般潛伏在土壤中鑽動。

「……你先回去。」殊那律恩瞇起眼，打開了空間術法，將這一帶隔離起來。

「發生什麼事？」有些抗拒，直覺好像出了什麼事的三王子並不想踏進傳送術法。

直接往弟弟肩膀一拍，空間術法立即將還太小無法並肩作戰的精靈孩子送回精靈族中，斬斷了所有追蹤的可能後路。確保親族安全後，殊那律恩才看向從花田中浮現的黑色身影，帶著濃濃邪惡的氣味，就像先前他遇過的那些黑術師，但眼前這名似乎還有著不同之處，居然有著熟悉的力量感。

「你就是精靈獵手吧。」黑術師腐朽蒼老的聲音從斗篷下傳來，像是冥府勾魂奪魄的陰使般令人不安，伴隨著有些冷諷的低笑聲，黑色的力量在周身纏繞，破開了一部分空間術法，毒素開始融蝕精靈的力量。

殊那律恩看得出來這黑術師與先前遇上的都不一樣，是真正的「黑術師」，足以與頂階精靈術師一較高下的可怕邪惡。

其實先前他們也遇過三、四名這樣的黑術師，但是每回都在殊那律恩還沒分辨出來對方真正實力時就被陰影拍死，以至於他也不太清楚陰影到底打死了幾個頂端黑術師，只知道有一、兩次他拍死對方之後，其他龐大的邪惡同夥立刻潰散逃走，不敢再出現。

「唉……」

居然想起陰影的方便，自己眞是被照顧得有些墮落了。

打起精神，殊那律恩抬起手，白色的鳥穿越時空停在他的手臂上，那些被邪惡融解的空間術法再次建立起來，而且這次堅不可摧。「雖然我不知道閣下刻意前來拜訪的原因，但先前所遇過的黑暗力量皆已瓦解，謠傳我手上握有強大的黑暗力量並不存在，希望您可以收手離開，與世界良善的生命共存。」

黑術師又陰森森笑了起來，似乎對於精靈這番話感到十分可笑。

「你以爲殺精靈獵手只爲了力量嗎。」笑了好一會兒之後，陰冷的聲音傳來，「力量，吾早就得到了。」

黑色的斗篷被揭開一角，殊那律恩瞬間知道爲什麼這名黑術師身上會帶著淺淺淡淡、讓他有些熟悉的力量感了。

被遮隱在斗篷底下的，是名小女孩，約莫不過才三、四歲大小，長得純眞可愛，白皙得幾乎透明的小臉上還有粉撲撲的紅潤，露出的半個腦袋邊紮著髮辮，看起來最天眞不過，但是她的身上卻傳出了純粹的黑色力量。

陰影。

「看過你們獵殺那些沒用東西的手法之後，吾就知道他們碰上什麼。哼，見識太少的雜碎，被瓦解了也不過剛好。」黑術師冷冷笑著，看著臉色大變的精靈少年，開始覺有趣。「精靈啊，與陰影接觸的精靈，你們的主神和同族知道你的罪孽深重嗎。」

用最快速度讓自己鎮定下來，殊那律恩立即恢復了平日的冷靜，「世界萬物並不是只有白色，黑色原本也同存於世，既然同爲良善生命，便無所謂罪孽可言。主神指引我們相遇，讓我更明白黑暗並非邪惡，更談不上什麼罪孽了，退一步說，這其實是美事。」

「美事嗎？」

似乎對精靈的話語產生興趣，小女孩發出稚嫩柔軟的聲音，「傻傻的，會後悔，死很慘時，你會很後悔。」

「並不會。」殊那律恩勾起微笑，看著女孩，那雙黑色瞳眸中雖然沒有半分他認識的陰影的樣子，但也有著孤獨。

他一次也沒有後悔過遇上陰影，主神讓他知道有些黑色遠比白色更爲善良，爲了讓世界安穩和平，寧願自己千百年不踏出早已無用的封印之地，既孤寂又悲傷，卻比任何人更堅定守護一切，這樣的相遇怎麼會有悔恨，感激都來不及了。

「你不害怕嗎？」女孩眨眨眼睛，展現了天眞的好奇，「我們要弄死你們，很簡單，非常地簡單。」

「摧毀一件事物自然是非常簡單，但是當妳想要妳喜歡的東西好好地留存，卻非常難，妳有喜歡過什麼嗎？」殊那律恩說道：「看見這些漂亮的花，妳的心情不好嗎？」

「嗯，香香的，喜歡。」女孩想了想，「但是很好消滅。」

「妳有嘗試過，努力保護妳喜歡的東西，讓他們不消失嗎。」

「閉嘴！」

打斷精靈的話，黑術師猛地收攏斗篷，立即將女孩再次與外界隔離起來。

能感覺到對方身上攀附的陰影力量，精靈想著，應該是已經在陰影同意下汲取了部分，進而附加在邪惡術法上。

「……如果是這樣，那麼很抱歉，我必須在這裡徹底毀滅掉你了。」殊那律恩斂起所有表情，身側散出冰冷氣息，原先的空間術法上凝結出了大量冰霜雪珠，白鳥鳴叫了聲飛上天空，張開翅膀的瞬間轉爲巨大的白色鳳凰。

如果讓帶著陰影毀滅力量的黑術師離開這裡，世界很快會再度陷入戰火，更別說他身上還傳出了鬼族的氣味。

黑術師張狂地大笑起來，身形直接往上抽高，整個身體不斷膨脹變得異常巨大，撕碎的斗篷下出現了猙獰的黑色面孔，覆在骨肉上方的皮膚仿若黑色鋼板，撞擊到術法與凝冰居然沒有受傷，反而彈開了傷害性的精靈術法。

陰影的力量，就算是一點點也足夠毀滅生命啊。

精靈暗暗在心中嘆了口氣。

殊那律恩反過手，下一秒，周遭所有張開的銀白色符文法陣眨眼間成爲詭異的血紅色澤。

一直以來十四、五歲的少年模樣，在血色冰霧之後，成爲青年的樣子。

與泰那羅恩幾乎相同的面孔，冷冷地看著已張開大片黑暗，亟欲吞食天空的黑術師。

「雖然與時間種族有所約定，不過也只能這樣了。」

※

帶有陰影，雖然只是很小一部分，不過黑術師覺得自己是無敵的。

貪婪吞食了陰影給他的些許碎片之後，他可以感覺身上的力量無限擴增，衝破了中階黑術師的禁箍，一口氣突破至最高階術師的力量。

別說一個精靈術師，就算是一整族的精靈術師他都可以加以吞噬。

黑術師眞的如此認爲過。

直到他聽見了精靈吟唱出他只在遙遠傳說中聽過的那些高階黑術師們描述過的歌謠，當時他們也僅僅流傳了隻字片語，然而出現在他面前的巨大力量，卻是強到那些敘述都比不上萬分之一，讓他瞬間毛骨悚然。

世界曾有持握力量八色種族，敬畏神之大地、奔馳風之大地、徜徉水之大地、降於生之大地、歸於死之大地，其風吟唱，致予歷史之歌。

第一句詩獻予持續生命的足跡
第二句話獻予護衛歷史的支流
第三句謠獻予傳遞記錄的翅膀
第四句訴獻予擔負責任的雙手
第五句語獻予捍衛種族的力量

第六句說獻予創造新生的搖籃
第七句言獻予統一族群的秩序
第八句訣獻予終結世界的兵刃

我等為，持守生命之族，一切美好的起源皆該擁有歷史指引，不須為外力所折損。

黑術師發現自己的陰影力量竟然完全打不破紅色結界與術法之後，直接帶著發散的陰影黑暗與一身毒素往精靈方向攻去，不打算讓他吟唱完獻祭世界的歌謠。

只是還沒摸到精靈面前的術法，白鳳凰瞬間俯衝，硬生生地彈飛黑術師。

看著白鳳凰翅膀上沾染了陰影毒素，殊那律恩咬了咬下唇，繼續吟唱：「八族之首，王族之身引領白色種族力量使用，無關乎個人私慾，無動搖歷史之意，持握守護之刃。血為憑，身靈為媒介，換以生靈安然。」

被污染的鳳凰再次鳴叫，乾淨的血液從自己啄開的傷口噴濺而出，灑在紅色的陣法上，綻出絲絲金色光芒。

「你一個精靈竟敢動用世界力量。」黑術師咆哮，大量黑色陣法滿布四周，炸出各式各樣詭異的黑綠色毒霧與液體，黏稠的青綠色雨滴從空中的黑暗掉落，再次蝕開精靈的空間術法。

「嗯，看太多東西，有一天就會用了呢。」在空氣中緩緩拉出銀白色長刀，殊那律恩淡淡地說：「原本應該保密。」連精靈王與泰那羅恩都不知道這件事情，倒是先讓外人知道了。

「果然應該要先殺掉你，把你的靈魂貢獻給『那一位』！」黑術師全身開始扭曲，像是快速吸食更多陰影的力量。

「遲了。」好懶得再說話。

殊那律恩看著黑術師，兩方瞬間對衝的力量將一些來不及移出的芙蘿花撕碎，細小的花瓣在空中飛起，落到黑術師身上時，被毒素眨眼震成灰燼。

針對精靈的劇毒嗎。

看來沒有想像中清除地乾淨，如果可以拿到樣本，得再改改解毒配方了。

白色長刃貫穿黑術師身體時，那個扭曲如巨人的龐大身體炸出了無數嚎叫與死靈，大量致命邪惡毒素從那具軀體中瞬間爆裂，連及時擋在精靈面前的白鳳凰都被貫穿，完全承受不了這些能讓許多土地生靈同時滅亡的毀滅性烈毒，更別說裡頭還融進了陰影毒素。

鳳凰鳴叫聲衰弱之後，熊熊劇烈的白色火焰吞食了靈獸，同時焚燒並淨化幾乎毀掉整個空間術法、開始往外擴散的猛毒。

芙蘿花田幾近全毀，毒素將泥土腐蝕成沼澤，黑暗散去的天空雖然再次灑落陽光，但已無法再爲黑色的土地帶來生命力。

幼小的身影慢慢從沼澤中站起，然後抬起自己的手臂看了看，舔舔上頭黑術師最後剩下的一小片皮肉，咀嚼著。

「所以說會死的呀，拿太多力量了，會爆炸，傻傻的。」女孩歪著頭，往前走了兩步，想要撿起白鳳凰留下來的一小團火焰，才發現自己的手指出現了裂縫，而且裂痕逐漸往手腕方向延展，好像身體開始碎開一樣，這時她才感覺到一點點的恐懼出現，剛剛的白色刀刃也傷害到她了。

這個發現讓女孩異常憤怒，猛地轉頭看向倒臥在一邊的精靈，大聲尖叫，「爲什麼要弄傷我！爲什麼你們這些人都想要傷害我們！我討厭你們！」

正要撲過去撕碎精靈時，女孩的頭頂突然被人輕輕按住，她立即無法動彈，那是非常熟悉的感覺，好像就是……自己？

「雖然是被切碎的一部分，但看著還是很讓人反胃。」

女孩只聽見這樣的聲音，接著就碎開了，再也感覺不到任何事物，也不會再有醒來之後擁有的個人意識了。

踩在沼澤上的陰影冷著臉，看著半身浸泡在髒污裡的精靈，青年的身體慢慢縮小，恢復成爲他熟悉的模樣，黑暗毒素沾染覆蓋在他身上，腐蝕著原先的白色生命。

「爲了不讓別人一起犧牲，老是喜歡先打開空間術法切割土地的個性什麼時候才要改。」抱起已經陷入昏迷的精靈，陰影語氣不帶一絲情感。他知道，精靈很快就會失去自己的意識，在黑暗扭曲之下，臣服於邪惡，成爲另外一種東西。

身後傳來大量精靈氣味，終於衝破空間結界的精靈軍和他一樣都來晚了一步。

就只是這麼一次，他以爲世界安全了。

就這麼一次。

放手了，決定精靈應該回到白色世界，自己應該繼續隱回封印。

眞的就這麼一次。

「再也不會有第二次了。」握緊精靈脆弱的肩膀，陰影淡淡地說道：「雖然身體會改變，但是靈魂將與我同在，陰影的力量分贈與你，抵禦黑暗毒素侵蝕，直到恆遠。」

「放下他！」

怒吼的聲音從後方傳來。

陰影緩慢地回過頭，看見憤怒的精靈們，帶頭的那個與手上的精靈長得極其相似，如果他再長大一點，估計就一模一樣了吧。

向來優雅的精靈會這樣吼叫，陰影也算是第一次聽見了。

他淡淡地勾起唇角，吐出了讓精靈們顫動的冷酷話語——

「這個死物，你們不需要了。」

聽見這樣的回答，泰那羅恩幾乎發狂到全身顫抖，他當然已經察覺到二王子被黑暗腐蝕，毒素與死亡詛咒正在他的血肉遊走。

在靈魂完全扭曲之前，他……必須將弟弟送回主神身邊，哪怕此後千萬年都無法再相見。

幼弟回來時語帶驚恐，當下他便知道事情糟了，以最快速度帶上精靈部隊，卻遭到了花田外的結界阻擋，混合時間術法的空間結界一向是二王子最擅長的手法，即使他學會的契機只是想安靜看書不被打擾；然而這個無法被打擾的術法就這麼令精靈部隊止步，眼睜睜看著天空出現了黑暗與陰影的氣息，隨後世界之力的古老陣法被啓用。

那是連精靈王都被震動的強大力量。

泰那羅恩完完全全不知道自己的弟弟能自行打開世界力量。

但是，陰影仍未被摧毀，更甚至毫髮無傷地站在原處。

「把他還給我。」語氣爲什麼帶上了懇求，大王子自己都聽不明白。「讓他回到主神身邊。」現在依然有機會，在靈魂之火最後消失之前。

陰影慢慢地，搖了頭。

下一秒，黑影覆蓋了兩人身影，精靈部隊只能眼睜睜看著黑色散開之後，沼澤上再也空無一人，只剩下白鳳凰殘留的火焰，虛弱地顫抖。

「不————！」

# 第十話　約定好了

如果能再選擇一次，會後悔嗎？

嗯。

不會的。

「會痛嗎。」

渾渾噩噩中，有人這麼語氣溫柔地問著。

「冷。」身體很痛，但是更冷，無法感受到世界生命力，只有完全的冰冷，聽不見生命的聲音，有些恐懼。

生平第一次，在痛苦時沒有大氣精靈的低語撫慰，也沒有光的照耀，更沒有草木的芬芳香氣。纏繞在身上的，只有寒冷、疼痛，以及恐怖的寂靜。然而在這片安靜中傳來的話語，卻又讓他無比安心，好像無論如何，身邊的人都會想辦法保護他，就像一次次在黑暗中扯出心懷不軌的黑術師般堅決。

「你將學會憎恨，也會怨恨我，但是百靈鳥的犧牲已經足夠，你別成為第三個百靈鳥，好嗎？這個世界上能讓我留在封印地的事物，不多了。」

冰冷的語氣聽著有些寂寥與傷感。

那是遊走在黑暗許久許久，被世界遺忘、被所有生命排斥的孤單聲音。

為什麼同為世界種族，必須要被這樣的痛苦擁抱？

意識有些刺痛，有種說不上來的聲音正在拉扯著他往下墜，讓他放棄繼續思考，也放棄追尋溫暖與聲音的本能。只要拋棄那些，往冰冷靠攏，他就會不再痛苦，忘卻很多傷心的事情，成為新的自己。

不再有拘束，也不再介意世界的目光。

不會痛，也不會冷。

只要讓自己這樣沉沉睡去別再思考。

黑術師被精靈力量貫穿的那瞬間，強烈的死亡詛咒隨之爆裂，以及他養在身體裡的死靈，用來對付精靈的劇毒，還有融合陰影的毀滅力量。當那些全都混合在一起，像箭矢一樣穿透了白鳳凰，刺入自己身體的當下，他便知道不會再見到喜愛的光，那些盛開的花朵與茂盛的森林，清涼的河流與舒服的微風，堆積在書庫中的各種藏冊。

雖然遺憾，但是不會留戀。

每位精靈都是如此，他們自生開始就知道自己終將回到主神的懷抱，得到永恆的安眠。所以不懼怕死亡，也做好隨時向世界告別的準備。

就是，於自己曾喜愛過的那些人事物有點抱歉。

然而，爲何自己還有這樣的意識？

緩慢地睜開沉重的眼皮，殊那律恩並不覺得自己已經回到主神的身邊。

他感受到的是空蕩，冰冷，還有疼到令人發顫的侵蝕劇痛。

有很長一段時間他覺得視線一片黑暗，直到焦距慢慢恢復，四周好像才微弱地亮了起來。

首先看見的，是完全枯萎的一小片花圃，熟悉的花朵已全無生命力，然後是那棵原本應該要開始茁壯的樹木，不知道爲什麼從中間裂開，所有樹葉早已掉落在花圃中捲曲乾枯，更別提老早就死去的樹本身了。

透過了泛黑的樹枝，他第一次清楚看見上方照射的陽光——應該說，那並不是陽光，而是鑲嵌在上面的一大塊水晶石，原本的光讓上面呈現白色，所以他一直以爲是術法帶進來的陽光，但現在才發現，白色退去、呈現半透明的水晶石中的物體才是眞正「陽光」的來源。

隱隱約約，好像有個小孩子像是胎兒一樣抱著自己的身體，蜷縮在水晶石裡，光便是從他身上發出，但是現在光已異常微弱，還有些偏黑。

「你問過奇納納的樹該如何培育，那是眞的無法養出了。」

低沉的聲音從身邊傳來，殊那律恩費了好大工夫才看清楚陰影坐在自己旁邊，手上握著最後一顆鮮紅色果子。「奇納納之木是上個世界的植物，由光族養育，唯有倚靠光族帶來的明亮才能夠生長，時間種族和精靈族聯手把我封印在此地時，沒預料到這裡的地脈深處有光族的墳墓，我幫屍體吸食掉他身上的永世詛咒，作爲解放靈魂的交換，這名死於惡靈之手的光族交給我最後一顆樹種，並教導我把他不朽的身體放在上方，遺體殘存的光族力量可以讓這棵樹存活，但也僅僅只是維持基礎活下去的條件而已。既然沒有光族，不管結出再多的奇納納果實、得到多少樹種，你們都無法培育出樹木。」

「可是它枯萎了……」

「因爲我把光族最後的力量放置到你身體裡，維護靈魂不被污染，陰影的力量則隔絕侵蝕，不具力量的屍體當然無法再提供樹木成長的養分，連帶那些花也一樣，等到最後的光消失，屍體也會像其他東西般開始腐爛，最後被分解到什麼也不會剩下。」陰影看著偏暗的光，陪伴自己這麼久時間的草地樹木，往後也不會再有了。

然而一物的消亡，交換一物的生機，他並不覺得可惜。

「我會變成怎樣？」

「運氣好的話，人不人鬼不鬼吧。」陰影其實也沒個底，畢竟從來沒人做過這樣的事，他當時只求不要往最糟的方向發展即可，只要能順利清醒，後續的事情也就走一步算一步。

「嗯。」

「離開白色世界之前，去旅行吧，把你最喜歡的風景還有各地，都走過一次。」

「嗯。」

「雖然靈魂不會扭曲，但是你的身體會慢慢轉變成黑暗，侵蝕不可反逆，只會延緩，雖然現在還保有精靈的身軀，但是遲早光亮會消失。」

「嗯。」

「……我只是，不想你和艾曼達他們一樣。」

「我知道。」嘆息的語氣，並沒有責怪，只是有些接受不了身體上的轉變。

「你想去哪裡，就去哪裡，這次我不會再離開。」即使被時間種族追逐，他也不會再讓那些邪惡對精靈伸出手。

「約定好了。」

「對，約定好了。」

於是，精靈閉上眼睛，沉沉睡去。

※

所謂的侵蝕速度，或許是因爲有光族與陰影的力量，比預想的還要緩慢。

應該說，異常緩慢。

以至於因某些轉變整整昏睡了半年才醒的精靈在睜開眼睛之後，自己還是精靈的外表，精靈的內在，還有被侵蝕造成的冰冷空虛肉體。

「……」

就不能一次到位嗎？

這侵蝕狀況不太理想啊。

陰影看著終於醒來的精靈，鬆了口氣。

從那天開始，陰影出世的消息震撼了整個精靈族，爲了不讓世界陷入混亂，主要幾個大型種族舉行了世界會議後，這消息暫時被壓下檯面，所有世界種族菁英傾巢而出，幾乎要把地皮都翻過來似地搜查陰影。

而時族與精靈族也派出了古老護衛，開始到各個封印地搜查究竟是哪些出了問題。既然說到搜查，當然會從封印最大部分陰影的封印地進行徹查。

陰影也因此被迫得盡快離開原本的封印地，幸好精靈先前設下了空間術法，還可以拖延一段時間，所以他趁著機會將封印地裡頭的東西都搬走，順帶把沒淨化的那些詛咒器物什麼的都一起扛走了。

現在，他們正在光族那名孩童原本的陵墓之中。

這是掩藏在地脈極深處，就連時族都未曾發現的上個歷史的痕跡，世界終結之後，屍體與土壤層層向上覆蓋，摧毀了原先該有的文明歷史及種族生命，等到世界重新底定，歷史反覆輪迴，新的大地上，新的世界生命開始奔馳，無人知道深層的地脈中曾有過怎樣的前一個世界。

陰影會找到這個地方也只是巧合。

他在許久之前甦醒，因爲記憶太過痛苦，只想要躲入更深處，沒想到會撞進古老的陵墓之中，保存至今的光族聖童在世界毀滅後，與糾纏他靈魂讓他不得安息轉世的永世詛咒被歷史所遺忘，依舊遭受痛苦。

孩童的靈魂懇求他，幾乎發狂地哭叫著。

畢竟只是個詛咒，陰影具有呑毀世界的力量，當然不覺得詛咒有什麼，所以隨隨便便就啃食掉那玩意，讓聖童的靈魂安心升天去了。

「幸好主神指引你找到他呢。」靠在自己之前帶來的被鋪上，覺得身體仍然很無力的殊那律恩環顧著幽暗的陵墓，陰影弄了光亮照明，可以很清楚看見塵封在牆面上的陌生文字。想要解讀這些，估計要花上許久的時間吧。

陰影嘖了聲。

他又不是要當救世主才存在的，聽著莫名不爽。

「你還要多久才會好。」盯著軟綿綿趴臥在被子裡的精靈，陰影皺起眉。

「按照力量恢復的速度，還得一陣子吧，而且現在有黑色力量產生，與白色力量相斥……嗯，得做好平衡才行。」雖然如此說，但殊那律恩心中仍有部分難以接受，只是掩蓋了那份低落，盡量讓自己在陰影面前保持平和的情緒。

主神爲何會做此安排，他不明白，但是主神必有其理由。精靈無法擅自結束己身生命，即使會因痛苦而亡，但有了牽繫，那個死亡時間還是會很漫長。

看著陰影，他知道自己只能這樣活著。來自於黑色存在努力想要維護的生命，對於只知道毀滅的他們而言，這必須要耗去極大的意志和力氣才能辦到。

如果現在就這樣沉淪於扭曲，或許自己會輕鬆很多，不再擁有白色生命的意識，成爲另外一種發狂的存在，逃避生存，就不用再忍受劇痛——這是所有鬼族都會選擇的道路，然而也是會壓垮陰影的最後一根稻草。

當時在沼澤中雖然已經昏迷，但是殊那律恩確實感受到陰影在瀕臨崩潰的邊緣，如果他就這麼碎爲塵土，恐怕陰影會直接轉變成無血無淚的兵器吧。

「……那時候如果你死了，我會讓整個世界陪葬。」

不知道是不是看穿了精靈的沉思，陰影開口：「當這個世界不再有美好事物，就是它該終結之時。妖師一族早已被世界種族驅逐，沒有人能駕馭我們，如果你與艾曼達他們下場相同，我也不會想再保留世界了，所謂的幫他們保護喜愛的事物只是個藉口，人都死了，還能喜愛什麼。最終，不管是你，或是艾曼達與菲雅，如果不是活著，就沒有意義了。」

殊那律恩盯著陰影看了很久很久，苦笑地開口，「你記住的事情，眞的很多。」其實，他在閱讀古籍時，發現有許多記載都描述陰影被切割後，連同記憶會一起破碎，忘卻許多事物，所以也因爲如此，剛出封印的陰影容易發狂；特別是越小片的陰影越容易不穩，造成大範圍傷害，因爲他們所記得的往往是最少的，找尋記憶的渴望會讓他們因此焦躁狂怒。

「因爲我醒太久了。」最初的時候，陰影確實記憶模糊，但是隨著清醒的時間拉長，他在黑暗中回憶起了許多事物，獨自一人不停反覆回想，那些被刻意切割的意識重組了起來，在身體深處甦醒。「我有千百年的時間好好整理我所知的一切，還很有耐心。」

「嗯，看得出來。」翻過身，精靈抱著柔軟的枕頭——這不是他的東西，他醒來之後身邊卻多了好幾個，可能是陰影趁空檔在某個小村莊拿回來的。「如果冒犯了請原諒我，但是我挺想知道，你究竟是被切割的陰影中的多少分量？」

最原始的兵刃只有一個，但是力量過強，爲了方便使用與封印，種族們將他不斷切割，然後再切割，直到陰影支離破碎，被分散到各地封存；而世界終結那時，陰影將重新合而爲一，取回完全的自己。

「最開始是一個，妖師還沒被驅逐前察覺到力量巨大，不應該在白色年代持有，於是分解爲三分，自己保管一分，白精靈族帶走一份，時族帶走一份。而後，妖師一族最先遭到攻擊，『那個我』被拆解爲數十份散落各地，又經過爭奪被切解成百份，大大小小地被封印起來。接著，白精靈族也被襲擊，妖魔跨越世界，對白精靈造成衝擊，白精靈只來得及將『我』分解爲兩份，其中一個在戰爭中被神族擊碎，同樣散成百份碎片被封印。」陰影停頓了下，繼續說道：「時族的守護地不久後也被魔神屠殺，時族將『我』拋進了世界脈絡中不讓魔神得手，但也在時間長流中被沖碎，取出的部分被封印起來，不過應該還有很多小碎片在裡面。人們忽略了那部分，有不少邪惡想辦法前往時間長流撈出碎片，成爲另一種殺傷性武器。」

陰影思考過，最後一次攻擊精靈的黑術師持有的碎片，很有可能就是這麼到手，只不過不清楚他是怎麼弄出來的。

「……所以白精靈族另外一份呢？」殊那律恩算了一下，缺了一個白精靈對分的另一塊。

陰影對著精靈笑了下，「在這裡。」

「……哇。」

好大一部分啊。

大致上明白爲什麼陰影的力量會如此強悍，記憶也很完整了。

不過話說回來，爲什麼他的封印地會被破壞？

把疑惑十幾年的問題問出來之後，換來陰影另一種冷笑。「因爲時族出現了內賊，有個王族想要統治世界，跑來偷挖我的封印，打穿了門，什麼也沒得到，離開後還被同族殺死，他八成沒告訴同族他挖了封印地，所以沒看見時間種族或精靈族來修。當時我記得應該還有另一個封印被衝破，有感受到不同的『我』甦醒在世界彼端，不過很快就被處置了。」

「沒得到？」殊那律恩愣了愣。他還以爲打穿門，原本就醒著的陰影有了開口就會直接撲出來。

「為什麼我就必須隨便那些人要取就取，要封就封。門被砸開瞬間，當然是躲進黑暗，把氣息全消除了。」陰影繼續冷笑。想起了根本沒什麼印象的時間種族像老鼠一樣溜進來後，什麼也找不到，以為自己上當的憤怒舉動。

簡直有失時間種族的身分。

殊那律恩大概可以想像那幅畫面，覺得有點好笑，搖搖頭。

「後來時間種族似乎分裂了，出現幾個分支，不知道是不是與此事相關。」陰影不太在意，也沒打算在意。時間種族自己起了內鬨壓根不干他的事，他還巴不得對方自滅。

「唉……我明白是什麼時候發生的事情了。」殊那律恩有些感慨地摸摸自己的臉，嗯，小孩子的樣子。

「你知道？」這次換陰影好奇了。

「嗯，時間種族分裂出來的分支，有些過於放大自己的世界責任，我認為扭曲解釋了對種族時間的守護，成為一種掌控，也煽動了非常多種族獵殺黑色種族，讓人很頭疼呢。」殊那律恩微微嘆了口氣，「這事也算是祕密。約莫在我這樣貌的年紀，我前往時族拜訪友人，時族的守護聖地卻與幾個分支產生衝突，發生嚴重內戰，當時出手協助，沒想到聖地的時間力量反衝，混亂了在場許多人的生命時間，最後成了這模樣也是沒有辦法的事。」

冰牙族雖然知道二王子出了意外，成長速度異常緩慢，但確切內情並不曉得，唯二知道的僅有精靈王與大王子。畢竟時間種族的內戰本身就不是可以宣揚的事，當時還必須接受許多誓約術法才得以離開時間種族。

不過隨著自己精靈術法愈漸熟練，那些誓約箝制早就被自己解除得差不多了，其實跑出去宣傳也傷不了自己半分。

「呵。」陰影笑了聲，注意到精靈精神狀況又開始變差，就幫他拉好被角，「睡吧。」

「嗯。」

「下次再醒，就出去旅行。」

「嗯。」

離開白色世界之前的最後旅程。

※

又過了半年的時間，久遠前的光族陵墓走出了短暫停留的人。

大半年下來，時族與精靈族的搜索依然持續著，但也沒有先前那麼嚴密，原先眾多種族的搜索人馬隨著時間的拉長有些已經散去，只留下部分部隊繼續查找。

確認了破損的陰影封印爲何之後，時族與精靈族便極力追尋可能的痕跡，至今卻沒有任何發現。

而在所有人不斷追尋著陰影下落時，已經被精靈王半封閉的冰牙精靈族中悄然走進了微光。與先前一樣，不經意地落在無人的議事廳中，然後有些無奈地搖搖頭，輕聲離開，不引起任何人注意地往書庫走去。

畢竟是自己生活了數百年的地方，該如何避開精靈們或是行走密道他都很熟悉，於是靜靜地走入書庫當中，看見有個身影蜷縮在以往他喜愛的那個位置，身邊有幾本書冊，平日那張愛笑的臉已失去了笑容，即使在睡夢中仍能看得出眉頭緊皺。

放置在少年身邊的幾本書冊全都是與如何有效對付陰影相關的術法書籍。

搖搖頭，他輕聲嘆了口氣。

聲音很輕微，但已足夠讓一名淺睡著的精靈猛然清醒。在看清楚來到身邊的人是誰之後，三王子猛然瞪大眼睛。

「噓。」殊那律恩豎起手指，在躺椅邊坐下來，「別驚動其他人。」

「二哥！」用力抱住眼前的兄弟，亞那瑟恩眼淚直接滾下來。他沒想到這輩子竟然還能再看見對方，一點也不想放手了。然而……「你的身體……」就算不用這般貼近，他也能感覺到血脈相連的親人遭到污染，身體冷冰冰的，雖然還有精靈的微光，卻正以極緩慢的速度消逝。

「沒事。」勾起微笑，殊那律恩摸摸幼弟的頭。

「你……」怎麼可能會沒事。

亞那瑟恩一回憶起當日被強制送回精靈族後，立即去找了泰那羅恩，然而以爲無所不能的兄長卻帶回令人心碎的消息。被陰影襲擊的二王子再也回不來了，乍聽之下根本難以接受，就連在扭曲之前將他送回主神身邊都辦不到，只能眼睜睜看著黑暗奪走他的光，這讓他出生至今，第一次感到無法喘息，好像整個身體都要撕裂一樣。

後來的事情他不是很清楚，好像是被精靈術師們奪取意識，暫時封印在月凝湖當中，過了幾個月身體穩定後才被放出來。精靈王告訴他，精靈生命雖然很漫長，但是會因心痛而死，他還太過年輕，難以承受變故，所以才讓他暫時接受月凝湖力量的守護，不讓身體被撕碎。

可是，他還是很難過。

只要一想起，胸口就痛得很厲害，都快喘不過氣了。

「不論你聽見什麼，那些都不是事實。」抹掉幼弟面頰上的淚水，殊那律恩替他整理好因爲睡著而散落的銀白色髮絲，「我的友人無論如何都不會傷害我，黑暗並非邪惡，邪惡也非全然存在黑暗，總有一天你會明白，我希望你能不以黑白來區分你所遇到的人，而是以他們的心。就算身處黑暗，也必定有良善之人，而身處在光明的也會有扭曲者。」

「我不明白。」亞那瑟恩傾聽著手足正逐漸失去生命的心跳聲，鼻子一酸，又想掉眼淚，哽咽了幾下，還是又把淚水眨出來。

「未來你會明白，現在你並不須要肩負那麼多。」才十多歲的生命，並不明白世界的狀況。殊那律恩在心中嘆息，他原本以爲自己能夠陪著弟弟慶祝百歲成年，與他一起研究各種術法與古籍，帶他去看世界上更多美好的事物……然而現在已經來不及了。

亞那瑟恩用力抹抹臉，「至少，我要知道爲何是你，主神爲何沒有眷顧並保護你……」

「不，一切都是主神的指引。」

殊那律恩慢慢將最開始的事情告訴弟弟，不過跳過某些比較重要的部分，例如相交友人的眞正身分，只說是無法告訴他身分的黑暗種族，兩人一起掃蕩許多黑術師據點，救贖很多食魂死靈，一路走來的點點滴滴，直到最後被黑術師盯上，使用了陰影碎片造成傷害。

看起來似乎釋懷一些的幼弟仍是一邊聽一邊哭，偶爾有些高興的事情會笑出來，但是也有些勉強，整張臉紅撲撲的，眼睛腫得根本不像個優雅精靈。

直到後來因爲太過傷心，又迷迷糊糊地昏睡過去。

「二哥，別走……」朦朧之際，亞那瑟恩還是緊緊揪著兄長的衣袍。

「我只是去散步而已，別傷心。」摸摸弟弟的額頭，殊那律恩在對方身上下了安眠的術法，讓他就此睡去，然後拉開弟弟的手，好好擺正在躺椅上，脫下了長袍蓋在他變瘦的身體上。「二哥不會孤單，你不用擔心。」

站起身，他回過頭，對上了另一雙熟悉的眼睛。

從他一到達精靈族之後，便一直跟在自己後面，直到書庫，聽完他與幼弟的對話。

「泰那……」

還沒說點什麼，殊那律恩直接被兄長抱緊，力道大得有些發痛。過了好一會兒之後，他才被輕輕放開，一抬頭就看見平日對外很威嚴的大王子同樣消瘦許多，眼眶還有點紅紅。

「馬上就要離開嗎？」泰那羅恩縱然再怎麼不願意，還是明白弟弟身上的變化，以及他無法繼續待在白色世界的事實。如果可以，他眞想時間倒流，在第一隻食魂死靈出現時自己親自帶著部隊去滅了那些東西，這樣就不會有後來的事情，冰牙族的二王子現在將會如同往常般過著自己悠悠哉哉的小日子。

只是時間無法重來，既定的事情不可改變。

「嗯，再待下去會引起注意，我還無法完全掌控自己的身體。」雖然是偽裝過才進來的，不過身上的黑暗力量在精靈眼中還滿顯目，殊那律恩只是想來再看看親人一眼。否則目前平衡還未穩定的黑色力量很容易在精靈族中惹出麻煩。畢竟冰牙族是半開放精靈族，並不只有精靈在城市中，會傳出什麼不好說。想了想，他再次開口：「你們不用擔心，雖然不明白主神的指引為何，這麼活下去似乎會有些厚顏無恥，但我不會傷害自己，也有人會陪在我身邊。」

「……我知道你身邊的是什麼東西！」泰那羅恩咬牙切齒地低罵了句。那天所見加上二弟剛才說的那些，他早就差不多曉得整件事的真相，所以更加責怪自己當初沒有多留份心。「白色世界並非全然沒有你們留存之所，如果可以，我會找到……」

「不，冰牙族無須牽扯在內。」殊那律恩打斷兄長的話。他明白大家都捨不得，他也還未能完全接受己身的轉變，以及某天可能會扭曲的事實。泰那羅恩的話他曉得，大王子是想找一個地方將他們永恆地藏起來，與世隔離，不被任何人侵擾。「而且，我認為或許還有些事情能做到，我不想就這樣逃避。」

泰那羅恩嘆口氣。他當然知道弟弟有點執拗的個性，雖然看起來有些呆，平常也不喜歡和別人往來打交道、不擅長社交，然而卻很堅持要做好自己的事情，無論在術法上還是研究某些事物上，皆是如此。

現在自己被傷害得如此嚴重了，卻還是如此。

雖然已擁有上千年的生命，很多事物皆已看淡，大王子此時還是覺得心底不斷翻攪疼痛。這種鈍痛，或許再也不會有舒緩的一天吧，即使再過千年，他也只能抱持著痛楚在白色世界活下去。

「那麼，你將如何打算？」

看著少年模樣的精靈，泰那羅恩實在很不忍見到對方在未來的某日腐朽。

「在我還擁有白色生命時，打算先在世界各地走走，進行最後一次旅程，將那些還未看過的、美好的事物作爲最後的記憶——我們想要擁有更多這世界美好的樣子，這會讓我與『他』擁有更多足以堅持自己理念的重要回憶。」陰影的記掛太少，而他或許總有一天會因爲黑色力量忘卻許多事情，所以他們想要收集更多、更多關於這個世界的美麗事物，哪怕是一朵花的綻放，或是一片葉子的凋零。他想讓陰影看看百靈鳥們詠唱過的山川美景，都市的繁華喧囂。

最終，他們會離開白色世界，走入黑暗，但能夠帶走很多珍貴的留念。那時，應該就不會太害怕了吧。

殊那律恩從自己的儲物空間取出了很多當初從書庫借用的古冊放置一邊，接著取出一大本厚重的書本，「這是精靈術師各部隊的分部與分配任務細項，每位兄弟的專長，後面是大部分我學習之後自行變化的精靈術法，有的還未完成，不過交給研究術法的術師們，應該會有更多突破，用在即將發生的戰事上，能比以往保護更多生命……這些就全都託付給你了。」

「……」泰那羅恩接下了幾乎有半個弟弟高的沉重書冊。

「你們……也別再來找我了，今後會如何，沒有人知道，我不想傷到任何人。」殊那律恩低下頭，吸了吸鼻子。「即使未來我們無法並行，然而在主神的守護下，我的心會與你們同在，這是我的道路也是未來，希望你們別因此悲傷痛苦，總有一天，讓我們能在主神面前重聚，到時能笑談所有事情，不再有苦痛。」

泰那羅恩再次抱了抱弟弟。

「離開之前，見過精靈王再走吧。」

「嗯。」

往後，冰牙族二王子的事蹟不再出現於白色世界的記錄當中，雖然原本就相當稀少，但像是有人刻意抹除般，連精靈間的傳說吟詠都隨著時間慢慢消失，直到一般種族忘卻了曾經有過這麼一位帶著精靈術師部隊的王子曾出現在他們附近，跟隨著大部隊，靜靜地教導城鎮村莊修復結界，讓家園更加穩固。

沒多久，冰牙族進行了一次無聲沉默的全族遷移，與外界交流逐漸變少，駐紮在外的精靈部隊許多都被召回。

搜索不到陰影的菁英部隊潛入檯面下，依然不放棄尋找。

時間推動歷史，世界輾轉向前。

黑暗中滋生的邪惡又開始蠢蠢欲動了起來，休養生息過了一陣子，他們如同蟲蟻般再度趁隙鑽入，惑引貪婪的人心，增加自己的同伴與資源，重新建立被摧毀的隱密據點。

新的戰火被點燃之前，風帶來的各種傳聞中，不知何時出現了關於黑暗的傳說。

只要不絕望，即使身染毒素痛苦扭曲，懷抱希望者，在黑暗中將會見到光……

《特殊傳說Ⅱ恆遠之晝篇．卷六》完

# 番外．其六、不笑

——傳聞中，精靈王子泰那羅恩千年來笑也沒笑過——

「殿下。」

冰牙精靈族歡慶了小殿下安然復甦後，全族再次回到了原先靜寂平和的日常。瑟洛芬走進書庫中——這是大王子泰那羅恩無事時，經常停留的地方。她不明白為何王子殿下總是在這裡徘徊，雖然有時會翻閱書籍古冊，但大多數時候是在固定的位置深思著什麼，從來沒有人問出原因。追隨至今，她依然不解，後來便與族人一樣，認為大王子只是想找個清靜的地方放鬆自己吧。

所以如果不是非常重要的事情，瑟洛芬不會輕易進入書庫打擾王子。

「訪客們在詢問小殿下與藥師寺少主、妖師後人的去處……」瑟洛芬有些遲疑，在冰牙族中有著極高地位的白精靈賽塔帶著他們深愛的小殿下與尊貴的訪客們已經消失了大半日，但遲遲無法交代下落，那位雪野家的少主看起來非常不滿。「已經按照您的吩咐告知去了精靈祕密領地，還需要一段時間。」

然而，女性精靈還眞的不知道大王子口中的「祕密領地」究竟爲何，她在精靈族自出生開始便沒有聽過這樣的地方。而高貴的白精靈帶著小殿下等人離開時，確實出了冰牙精靈族，所以她更加不解了。

他們究竟去了哪裡？

「還有其餘事嗎。」泰那羅恩並沒有回過頭，語氣淡淡地開口，毫無起伏。

「小殿下回歸這幾日，除了明面上試圖闖入的黑色邪惡之外，與您預測的相同，千古魔神被埋葬處似乎開始蠢蠢欲動起來，雖然進行了封印加固，但恐怕會有新的變數。」瑟洛芬低下頭，有些擔憂，「當時在大戰前重傷您的……」

「加派術師部隊前往固守，一有動靜直接擊滅。三王子的孩子在冰牙族這段期間，不要令他們聽見任何風聲，我們『眞正的戰爭』與那些年輕孩子無關。」

「是。」

身後的女性精靈消失後，泰那羅恩將手上的古籍放回書架上。

現在，老師應該也已經帶著那些孩子進入了那亞的住所了吧……

從以前到現在，始終固執不願相見的弟弟。

一想起過往的事情，泰那羅恩輕輕地嘆了口氣，在身邊布置舒適的躺椅坐下。

自從開始習慣駐足於此處之後，平日進來書庫的精靈越來越少，雖說王族內部的書庫原本就罕有人至，不過現在更少了；精靈們老早就轉移往對所有人開放的大圖書館，貼心地讓此地更加安靜，好讓王子得以休息。

泰那羅恩半靠在軟枕上，稍微放鬆下來。不過隨著身體的鬆懈，背脊的舊傷似乎又隱隱作痛了起來，像是提醒他曾在此處如何痛失世界上最珍惜的兩件珍寶，不論斬殺了多少魔神、鬼族，邪惡叛逆的各種存在，都無法換回。

正打算稍微歇息半晌，精靈瞇起眼睛，手按在隨身的刀柄上，在看見淺淡的影子從不遠書櫃後走出來時，他已經讓刀身離鞘。

「身為一名精靈，如此對待戰友還真不禮貌。」帶著有些好笑的聲音自書櫃後傳來，不過倒是沒有繼續向前走出。「心眼真小，記恨上千年，之前不是說好拿妖師的事情扯平嗎。」

「沒有說好。」誰和你說好。泰那羅恩收回佩刀，坐直身體。

「親切些，為了不讓你們被那隻無賴鬼族威脅，我也是下了真功夫。」淺影有些為自己抱不平。

「嗯。」

「就這樣?」

「嗯。」

「……」

眞的很不親切,冰牙族的大王子太過不親切了,難受,想哭。

「有什麼正事。」泰那羅恩並不想去管淺影在糾結什麼,對方會親自來訪,並不單單只有送物件那麼簡單。

「你那同族說的,千古魔神又在蠢蠢欲動了。三王子的孩子回歸,並將繼承燄之谷王族的血脈力量,今後他會是一個很大的目標,還有他身邊那名同樣繼承力量的妖師後人,他們能夠倖免嗎。」淺影笑了聲,「當初精靈王和你好不容易才把那傢伙塞進地海深淵,隨後元氣大傷換來冰牙族千餘年的封閉,甚至間接地犧牲了第三王子,不怕將又重演?」

「嗯。」

「……給點反應啊兄弟。」

「沒有。」

「……你這樣很難對話。」

「對，再見。」

「——我還沒說完啊！」

泰那羅恩揮了一下手，空間術法直接將訪客掃地出門，還書庫原本該有的寂靜安寧。

空氣中，輕飄飄地送來一個小小的水晶盒子。

接下訪客留下的物品，泰那羅恩打開看了眼，有些鬆口氣。收存好物品後，他再次放鬆，靠躺在軟枕上，思緒也逐漸朦朧模糊了起來。

誕生於世界尚未底定的戰火年代，當時，他也不愛笑，只是在黑暗又動盪的烽火當中，他擁有了能夠珍惜的存在，與種族宿命不同，那原本是打從心中發誓，應該要守護永生的血親。

從牙牙學語開始……

那是，幾乎想要刻意忘記的久遠過去。

也是二王子直到最後都沒問出來的謎底。

⁂

世界種族與大地切分尚未底定時，各族都想要守護自己擁有的，爲自己取得更多的資源。

烽火中，邪惡滋生，六界的分隔尚未明確，各式各樣的存在越界而來，神或魔頻頻降臨在自由土地上，或是令人崇拜、或是令人懼怕，據起一方領土推舉成王，圈起一方生命爲己所用。而眞正至高於六界的主神、創世神們，順應歷史時間推動，遠遠望著世界在烈火焚燒中不停變化。

最初始的八個種族逐漸發生變化，大量種族自其中產生，白精靈們教導新生的精靈爲了守護生命而奮戰，從中蘊育了擁有極強戰力的精靈分支，或是帶著豐富智識的精靈族群，形形色色的新一代精靈族如同世界各族般擴展開來。

泰那羅恩誕生前，冰牙族已是精靈族中數一數二驍勇善戰的利刃，連續三代冰牙精靈王皆斬殺大量魔神，與精靈同族、神族、時族、妖師一族並肩作戰，穩定了自由世界的後續發展，讓神話在大地被傳唱上千年。

之後神族回到了原本的世界，時族返回守護聖地，白精靈們退隱世界，而妖師一族開始被認爲邪惡，逐漸消隱蹤跡；曾經的英雄變得年邁，殘跡骸骨被風沙掩埋，染滿大地的血液冷去，被花草樹木覆蓋。自由世界便如此又過了很長一段時間，主宰大地的種族早已多不勝數，神話時代成了古籍上的記載，那些曾經過往只留下少數成爲精神崇拜。

然後，黑暗時代到來，邪惡再次重返大地，妖魔與鬼族挾怨逆襲，開啓了一次又一次的戰火年代。

冰牙族新任的精靈王膝下第一位王子也是在其中一場戰爭中降世，來不及多加呵護，成長之後擁有了力氣，便開始提起短刀刺入不斷入侵精靈族的邪惡。

就這麼地，時間輾轉流逝。

泰那羅恩也不知道自己在戰場上奔馳了多久，見過多少次生命令人絕望的黑暗面，他們該守護的生命一次次自私冷血，爲了利益反覆背叛、引動戰火，放進邪惡摧毀城鎮，無數次讓精靈們失望，他們卻又難以放下無辜的其餘百姓，只能策馬揮刃繼續應對。

對此疲憊的精靈漸漸退出世界，離開自由大地，不再過問往後變化。

又一次送走一位自己親近的師長後，泰那羅恩在時間長流的岸邊收到來自家鄉的訊息，第二王子的出生簡直是他在身心極度疲憊時收到的最好禮物。

當時的月凝湖還不穩定，不少魔神試圖影響世界脈絡，負責看守的各族王者在外界不明白的檯面下費盡心思與之對抗，不讓世界力量淪陷。

所以不論是泰那羅恩或是二王子，出生時都未得到月凝湖的守護，而是安置在有著重重守衛保護的聖地內。

越過了層層防護，泰那羅恩進到聖地內部，幼小的弟弟趴在柔軟的枕被上，像團軟綿綿的小球般衝著他綻出無邪的笑容，那抹笑幾乎洗刷了在世界上染到的戰火塵煙、腥血殺戮，隔絕令人厭惡的喧囂，讓心情跟著愉快了起來。

往後有很長一段時間，爲了能盡快回到族內陪伴幼小的王子，泰那羅恩處理戰事越加殺伐決斷，整支菁英部隊如同颶風般，所到之處橫掃邪惡速度之快，讓那些擾亂世界的惡黨們極爲忌憚。

二王子便在一場場戰爭中，開始牙牙學語。

每每回到冰牙族，洗淨身體換上整潔的服飾，泰那羅恩連坐下的時間都捨不得，直接便趕往保護著小王子的聖所。不知爲何，陪伴的精靈們總是說小王子不太喜歡哭鬧，即使在學說話，也總是很安靜地望著其他人，很少開口。但只要自己到了弟弟面前，那張小臉便會綻放最美麗的笑容，很努力地開口——

「……那……那……呀……」

泰那羅恩失笑。

不知道是自己或是二王子本身名字的發音對於幼兒來說有些拗口，每次都只能發出這麼個單音，後面還有個不明的輔助尾音。

「泰那羅恩是誰？」抱起弟弟，大王子寵溺地伸出手掌，讓那軟綿綿的小手指把玩自己修長的指頭。

二王子眨巴著眼睛，看著大大的兄長。

「殊那律恩是誰？」

小小的精靈依然眨眨眼睛。

「那呀是誰？」

稚嫩的臉蛋像花一樣綻放了璀璨又瑰麗的笑容，邊學著哥哥的口吻，一邊口齒不清地說著「那呀」一邊給哥哥臉頰糊上口水。

往後每次回來，泰那羅恩在其他精靈退下、單獨與幼弟玩耍時，都用著小名喊弟弟，回以開玩笑小名的通常是天底下最可愛的笑容，以及帶著口水的小臉黏過來。

見他們相處和睦，精靈王也調動了軍隊布置，一些小規模的戰事就由其他軍將前往討伐，讓大王子可以更專心地在家裡「帶小孩」。

一眨眼，多少日月交替，雪霜花開了再度凋零，曾隨著成鳥飛翔的雛鳥們如今也領著自己的幼鳥在空中展翅。

「那亞。」

褪下了輕甲，剛下戰場的泰那羅恩大步往書庫走去。果不其然，王族的藏書室中，他看見那張被收整舒服的躺椅上窩著約莫六、七歲模樣的小精靈，身上展開的竹簡像被子一樣覆著，臉上則蓋著本泛黃的古冊，書庫中的大氣精靈本來圍繞在二王子身邊，一看見有人，立即散得不見蹤影。

看著這樣的弟弟，泰那羅恩直搖頭，好笑地收整弟弟身上的書本，輕微的動作立即驚擾了睡眠原本就不深的精靈。

「泰那羅恩……」有點遲鈍地掙扎爬起身，仍然半睡半醒的殊那律恩往自己哥哥身上靠過去，雖然有一點點血腥味道，但是很溫暖、很舒服。「歡迎回來……」他仰起頭，露出迷迷糊糊的笑容。

不自覺伸手揉揉弟弟的腦袋，泰那羅恩雙掌貼在弟弟臉頰上，把那張還睡意濃厚的小臉擠壓變形。

隨便大王子揉捏，殊那律恩直接窩在兄長身上，懶得動彈。

如果時間能停留在這一刻，不知道會有多好。

然而就算用力握緊雙手，也不可能留下片刻，即使那些時光多麼美好，終究會轉眼消逝。

不管多麼小心翼翼地照顧，孩子總是會長大，天資聰穎的精靈開始讀懂文字後，屬於他的天賦如同被打磨過的寶石般逐漸出現光彩，在陽光下刺眼地閃爍。

原本能夠抱在懷裡對著自己手指玩耍的弟弟，過早地踏上沙場，用爲了守護他人而學習的精靈術法攔截黑暗種族，讓城鎮的無辜生命倖免於刀下，人們爭相想要摸摸幼小的精靈之子，才剛滿十歲的纖細身軀像是娃娃般被成人們舉起來歡呼。

泰那羅恩轉過身，騎乘戰馬，帶著精靈武士們出鎮斬殺撤逃的邪惡鬼族。

擅長術法的二王子不知道什麼時候開始，越來越常出現在自己的身邊，隨著戰事學會了更多術法，進而有其他領域的術士追隨起小小的身影，陸續有同樣學習術法的人們不遠千里來見見這位聰穎的小術師，一起研討發展術法，後來在戰爭中發揮了巨大的作用。

爾後，殊那律恩拜訪了時族的友人，捲入內戰意外，就這麼被擾亂身體時間，像是孩子般地成年了。

雖然小了些，但還是他疼愛的弟弟。

每當揉揉二王子腦袋時，那張小臉沒好氣地露出抗議神色，百看不膩。

他認爲時間會如此下去，十年，數十年，百年，數百年，甚至數千年之後，他們還是會像這樣活著。就算世界不斷被戰火洗禮，驍勇的大王子與頂尖的術師二王子都能突破困境，彼此扶持著看遍歷史。而最終，他們將會像他送走的族人般，一起退出歷史，回到主神身邊得到平和與安眠。

而永遠預料不到的意外分離總是來得極其迅速。

在那個時刻來臨時，他甚至連弟弟最後一面都沒能見到，竟然只得眼睜睜看著黑暗包覆了二王子的身軀，從這個世界上徹底消失。

※

「泰那羅恩。」

從黑暗的書庫中抬起頭，大王子看著逐漸明亮的空間，以及自空氣中走出的精靈王。乍聞噩耗，他們最小的幼弟哭得幾乎喘不過氣，痛苦撕裂靈魂，無法處理情緒的孩子有生命危險，所以被緊急安置，避免因苦痛喪生。

而精靈們乍聞二王子的意外，也無法置信，整個冰牙族陷入消沉的低靡氣氛。

「精靈王。」泰那羅恩站起身，對著父親行禮，「亞那……」

「無妨，他還過於年輕，不擅調整己身，將會隨著時間慢慢好轉。」精靈王看著長子，輕輕地在孩子的肩膀上拍了拍，「然而還是須將他的部分記憶封存，眼下不須讓他承擔過多……

你也是。」

「父親太過憂慮，我尚不須封印痛苦來維持自己生命。既然主神有此安排，我……」握緊手掌，泰那羅恩無論如何也說不出會順從指引這樣的話語。如果能夠選擇，誰想要如此？

然而他是長子，又肩負協助精靈王帶領冰牙族的責任，不能放任情緒隨意哭號消沉，他必須得盡快整理好所有心情，不能影響其他精靈，讓事態變得更糟，這樣對剛剛失去二王子的整個冰牙族而言沒有好處。

所有人都能放縱自己悲傷，但是他不能。越是這種時候，他越是必須成為族人與精靈王的支撐，連痛心發狂的資格都不能有。

精靈王看著長子像是想要武裝自己而逐漸冰冷的面孔，無聲地嘆息。「泰那羅恩，給自己一個晚上，就一晚。」他明白長子的性格，但是過於堅強並非好事，無法宣洩的傷痛會如同膿瘡不斷腐蝕心靈，強硬地壓迫只會造成更強烈的痛苦，輕輕一觸碰即血流滿地。「你的父親，不會連一個晚上都無法撐過去。為殊那律恩點起魂火，也為了你而點，我等所深愛之人，主神不會放棄將他自迷途帶回，無論那路途多麼崎嶇遙遠，我們都將會在主神身邊重聚。」

「……是。」

目送著精靈王離開，泰那羅恩看著書庫的門扉被關起。

這個時間點，不會有任何精靈想要來藏書室，每個精靈都遙望著星空吟唱著同樣的祝禱，以求撫慰二王子所承受的痛苦，希望他們深愛的孩子能夠找回主神牽引的道路，不再被陰影或黑暗所害。

傾聽著夜風帶來的悲傷歌謠，泰那羅恩望出了窗戶，漫天星辰如瀑，像是千萬顆寶石散發璀璨的光芒，千萬年來不曾改變。

他知道，從今日開始，他看見的星辰不會再像以往般閃爍，晴空也不會再湛藍。就算活了千年，早該經歷各種生死並將其看淡，但也止不住心臟像是被刀鋒翻絞的疼痛。所以就如同精靈王說的，給自己一晚，思念著那牙牙學語的孩子，那張比世界上任何寶物都還要珍貴的笑顏，一點一滴的淚水模糊視線，卻讓那些記憶更加清晰。

從今往後，也就只能剩下這些無法觸碰的回憶。

二王子的消逝，為另外兩位王子帶來變化，這也是整個冰牙族很快就發現的事實。

雖然被精靈王封鎖了部分記憶，三王子依然執著於想找出驅逐邪惡的方法，日日泡在書庫中研究各式殺傷力驚人術式的古籍；而大王子變得比以往更不苟言笑，行事作風越漸嚴厲，隨著精靈王進入世界深層抵禦其他邪惡存在也更加不留情。

在這個時候，原本以為遭到黑暗扭曲的二王子卻悄然回到冰牙族。一感受到熟悉的力量，泰那羅恩幾乎立即拋下手中的一切，追隨著熟悉的身影，亦步亦趨地踏進書庫，在黑暗中聽著弟弟們的對話。

如果能面見主神，他真的很想詢問主神是如何想的，必須要讓弟弟承受如此巨大的痛苦，這並不比扭曲好到哪裡去。淪為黑暗的存在，他再也無法回到白色世界，白色種族會追趕驅逐他，甚至會獵殺他，二王子曾經深愛過的生命將會視他為敵，不死不休。

他興起了將弟弟永久藏起的想法，卻被回絕。殊那律恩原本就不是關得住的孩子，和一般精靈不同，雖然喜歡安靜的獨處空間，但也熱愛世界上美好的事物，在最後一點時間內想要蒐羅美好記憶，也在泰那羅恩的預料中。

為了讓殊那律恩放心離開，他不能露出過於不捨或悲傷的情緒，勉強將所有心情壓回心中，他平靜地放手，目送著小小的背影離去。

未來，是不能再見面了吧。

溫柔的二王子希望所有人記得的是他在白色種族中最好的樣子，很可能再也無法找到他的下落。就像某一日他沉迷於書本當中，突然就學會了空間術法將自己藏起來，好讓別人不打擾他的獨享時光。

※

之後，三王子略有改變，走出了陰霾，慢慢重拾往日的活潑，也開始成長為更加可靠的百歲精靈，隨著時間流逝，三王子的歌謠在詩人口中與風中被傳唱，驍勇善戰的年輕王子樂觀活潑的性格廣受歡迎，那美好的笑容救贖了許多飽受戰火人們的心靈。

人們已經忘卻曾經有過一位二王子沉默地帶著術師部隊，為他們修復家園。既溫柔又親民的三王子很快變成為冰牙族對外的親和代表，不論什麼麻煩事，三王子都不曾皺過一下眉頭，像暖陽般微笑著，領著各種族的人們攜手度過許多難關。

奇特的三王子並沒有所謂的種族隔閡，在他眼中，似乎所有種族生命完全相同，即使是黑色種族他也坦然以對，數百年下來贏得許多種族的好感，到處都有願意陪伴三王子上戰場的擁護者。

然而，這時期的冰牙族邁入半封閉狀態，已經不再如以往般完全對外開放，也不再放出所有戰力支援世界種族，倒是三王子經常率領或是指導聯合部隊至各地協助救援，這也讓三王子的事蹟更廣為流傳。

雖然表面上如此，但有些事情卻連冰牙族本身也不解。

「大哥。」

卸下一身武裝，亞那瑟恩屏退了身側所有想要慶祝再次勝利的精靈們，憂心忡忡地走進書庫。不知道何時開始，大家似乎已經習慣了只要大王子在此處，就會自動迴避、不叨擾清靜。有時候有些事情如果急著找不到大王子時，十之八九能在這裡逮到人。

果不其然，繞過層層書櫃之後，亞那瑟恩遠遠就看見大王子半靠在躺椅邊，正在翻閱殊那律恩留下的那些記錄。

這些年來，大王子幾乎將上頭所有文字一字不漏地清楚記下，就連術法也完整習得，連精靈術師們都訝於大王子竟然幾乎完全繼承了二王子所知，但不敢在大王子面前如此說，那張冰冷的面孔不帶有情緒，他們也無從揣測起對方的心情。

不過亞那瑟恩知道，自己的兄長不如外界傳聞的冷酷如冰。

匆忙進入書庫，正在翻閱書本的大王子抬起頭，給了他雖然很淺，但卻很溫柔的微笑。

「你比預計的更早回來。」泰那羅恩小心地闔起書冊。這是重新抄錄的複製版本，殊那律恩留下的東西太多，冰牙族的術師們花了很多時間重整並編排，整理出一套完整的系列，王族藏書室與冰牙族其他地方的圖書室都有一套，喜愛術法的精靈經常搶著預約借書，不得不再多抄錄幾份，才滿足了需求。「這次戰事很完美，雷之精靈已經將你的戰役傳唱……」

「不是說那些的時候呀。」亞那瑟恩鼓起臉頰，往兄長身上的袍子扯了一下，嗅到似有若無的草藥味，然後皺了臉，「父親說你被千古……」

泰那羅恩豎起手指，示意弟弟噤聲，然後布下術法結界，隔離任何有可能竊聽的存在。

「為何你與父親去地脈深淵的事情始終都不告訴我。」亞那瑟恩等到結界一成，立即不優雅地拉開兄長的衣領，漂亮的身體上全是包紮，衣服底下簡直成了木乃伊，肯定力量與靈魂都有受損，只是為了不讓族人發現，不知用了什麼手段隱藏，看起來竟與平常無異，難怪自己回來時，滿街的精靈弟兄們還有心情慶祝戰勝。

如果冰牙族的一般精靈們知道精靈王與大王子長時間不斷來回世界深層，和其餘種族之王一樣，與某些深藏的恐怖事物對抗，可能連唱歌的心情都沒有了。

近年來冰牙族半封閉，也是為了對這些事物做準備與防禦，人們都只當冰牙族和某些種族一樣開始排外，不願意再與普通種族接觸，更因為種種原因不斷搬遷試圖與世界斷絕聯繫。

亞那瑟恩很想幫父兄平反，但這種事情也不能隨意聲張出去，很快就會引起世界大亂的。

據說遙遠東方的狼族還經歷地脈下更多可怕的事物，似乎有什麼王族曾受了影響而扭曲，成為黑暗的存在，傷透許多人的心。

「主神所指引的任務必有其道理，你不用過於掛記，做好自己的事情即可。」泰那羅恩整整被弟弟拉得亂七八糟的衣領，然後摸摸幼弟的頭，爲他撥順了些許凌亂的髮絲。「深淵的魔神每隔一段時期便會甦醒，這並非你須要擔心的事，我們會處理。世界依然動盪，邪惡的火苗滋長，你能在這年代說服許多種族聯手抗敵非常了不起，世界種族需要你，你好好引領他們即可；現在世界力量混亂，冰牙族無法如以往馳騁世界，很多事情得靠你了。」

「……我也想與你們並肩而戰。」亞那瑟恩咕噥著，「每次每次，大哥和父親都受傷回來，族裡的武士又不知不覺中少了幾位，爲何無法讓世界知曉內情，攜手抗衡。」

「那種恐懼並非一般種族能夠承受。現在的世界早已遺忘許多古老的約定，時間一族分裂，聖地守護者所剩無幾，擁有兵器的一族也瀕臨毀滅，八大種族早已潰不成形，與其不必要地犧牲大量生命，不如持續進行鎮壓換得和平。」泰那羅恩移動著有點疼痛的身體，讓自己坐正起來，「至少，這些事情我們還辦得到，你只要帶領生命繼續前行便可。」

亞那瑟恩像松鼠一樣不滿地鼓起臉頰，最終沒說什麼，只能扶著哥哥回去房間休息，不讓他再溜出來書庫。

而房間外頭，傳來精靈們爲了勝仗而編唱的美好歌謠。

泰那羅恩一直以爲，成熟的三弟會在這開始穩定的世界過得比他們更加自在和平。

不論是黑是白，只要是生命，他都擁抱，這開放的胸懷與接受度讓他得到眾多的支持與喜愛。

但是他真的沒有想過，幼弟會擁抱妖師一族與鬼族，而且時間已過了非常地久，他們竟然全都被瞞住，絲毫不見異狀，就如同當時他相信了殊那律恩，放任二弟在世界各地隨心所欲散步一樣。

這次連精靈王都不免有些發怒，嚴令冰牙族避世，然而泰那羅恩知道那是精靈王必須為即將到來的恐怖黑暗做準備，妖師一族入世，將會策動黑色力量席捲世界，屆時原本沉睡的深層邪惡也會因此重回世界，所以不只冰牙族，看守世界脈絡的所有種族都嚴陣以待。

然而，三王子還是離開了，帶著聯合種族組成的強大軍隊，回應了西之丘的痛苦，與鬼王大軍正面抗衡。

這場戰事打了非常久，泰那羅恩也輾轉得知燄之谷的狼王與其眷屬同樣盡最大的力氣鎮壓世界之外、意圖染指火流河的邪惡。

年輕的孩子們帶領大軍在戰場上殺敵，而他們在世界的深處或者六界交會處阻攔想趁機入侵的恐怖勢力，雖然著急，卻不能拋下一切前往救援，只能眼睜睜看著良善的生命不斷如流星般劃過天際，朝著盡頭失速墜落。

最後，犧牲難免。

冰牙族迎回的是失去光的三王子，令所有人悲傷心碎。

泰那羅恩只能看著原先活潑的幼弟逐漸被黑暗剝奪生命，不論使用什麼方法都無法帶回他們深愛的王子。

原先自以爲尚能承受的塵封記憶再次被撕扯得鮮血淋漓。

他聽著人們竊竊私語，說著幸好大王子倖存了下來。

幸好，倖存了，下來。

主神何其心慈，留下了冰牙族最後一位王子，並未全部被黑暗啃食，他們還沒有完全絕望。

友善的言語爲何聽起來如同笑話。

他被動地，邁出腳步，避開族人們，來到了弟弟將自己與外界隔離的黑暗房間之中。

待在角落受苦的手足見他進來，像是被驚嚇似地震動了下。

在對方想要趕他出去之前，泰那羅恩先開了口——

「你還記得殊那律恩嗎？」

※

……

……

自久遠的記憶中回過神，泰那羅恩看著寂靜的書庫。

也是因為這次亞那的孩子回歸，才會讓自己揭開過往的回憶……即使過了如此漫長的時間，那一靜一動、自己曾經深愛過的珍寶們依然如同昨天才失去般，只要想起，胸口還是會隱隱作疼。

那亞果真不願意再讓他們見他一面，不管花費多少時間搜索，總是找不到通往「黑王」的道路。見他如此的老師嘆息著，不知道用了什麼方法，強迫地讓殊那律恩願意開放精靈導師前往，但也僅限於老師，不願意讓精靈王或是大王子進入獄界當中。

而亞那被送回時，雖然毒素大致上清除了，但靈魂也已經竭盡全力，只能將他帶回曾經保護過他的月凝湖，與他所愛永久安眠，不再受到邪惡傷害，重回主神身邊。

時光荏苒，亞那的孩子終於也踏上了軌道。

當時為了守護這孩子不被詛咒侵蝕，也要避開種種威脅，不得不託付跳脫時間之外的存在，付出了極大的代價將這孩子送至現今，為此冰牙族與燄之谷沉寂千年，退出歷史，精靈王與狼王更是額外交出了巨大的力量作為交換，休養了很長一段時間。

不曉得是不是偶然，兩族隱於歷史之後這段時間裡，總有不明的援助在看不見的黑暗中幫助他們，威脅世界脈絡的恐怖沉睡得比以往更久，興風作浪的鬼族沒有再次翻起吞食世界的猛烈烽火，好像有什麼抑制了蠢蠢欲動的鬼王們，讓這千年來過得比以往平順很多。

四大鬼王的力量極其巨大，卻又彼此牽制，就算有一方想要衝擊世界，也不得不小心其餘勢力藉機併吞。更別說已經被精靈聯軍打得幾乎滅絕的耶呂鬼王一派，就只剩舊部與比申惡鬼王在維持他的殘存勢力。

景羅天惡鬼王不知什麼原因暫時消停了一段時間，有不牢靠的傳聞指出景羅天似乎想要得到某件物品，為此停下了許多侵略動作，莫名且前所未有地耐心等待著。

殊那律恩惡鬼王至今無人知道在想些什麼，不主動侵略也不主動提出任何要求，靜靜地壯大自己，等到其他黑暗勢力發現時，他已經成為無法被忽視的鬼王存在。不讓人攻擊，只要被觸碰就會遭到報復，也不讓別人在自己眼皮子底下去白色世界騷擾，若是被他們碰見，就會得到一頓難以形容的暴打。

整個獄界甚至妖靈界都不明白這個鬼王在想些什麼，最後歸因於是個只想做自己事情的鬼王，千年下來倒也沒太多人想要主動進犯，更不會去其相關領地亂晃，或是找部屬霉頭。

泰那羅恩聽著黑色世界的傳聞，什麼去鬼王眷屬住所附近隨便挖個洞，都會被拖出來打一頓，沒有道理可言，不過鬼族本來就不講道理。有時候也不知道該說是無奈還是難過，唯一的慶幸是那名陰影始終跟隨在鬼王身邊，至今沒有幾個人知道那名像是人類的男子來頭，他就靜靜地跟著，沒有主動離開，也不曾要求過任何物事。

即使痛苦，他們還是順利地存活下來。

雖然已經被許多人遺忘，但是還是有人記得曾經的二王子，舊交們在檯面下開始有了默契，將扭曲、污染的無辜生命送往黑王身邊，冀望傳聞中的「黑王」能夠保護這些尚有理智自我的悲慘生命，直到能夠找出拯救他們的方法。

這樣的事情自然不會在檯面上流傳，大部分人們對於扭曲的生命依舊是直接結束生命時間的做法，在靈魂扭曲前將他們送回安息之地，而無法救贖的完全扭曲者只能連同變形的靈魂一起毀去，成爲永久安眠。

不知道什麼時候開始，泰那羅恩發現自己已經無法對任何人事物彎起唇角。

過於痛苦之後，那顆流血的心連同撕裂的傷口一起被冰凍了起來，再也沒有消融的那天。

與此同時，他也感受不到能打自心底的喜悅，千年來所見的風景都是灰濛濛的，雖然美麗但無法引動心情，就連歡喜的歌唱聽起來都是如此平淡。

他覺得疲累。

然後，他想起了擅闖精靈族的那名鬼族，亞那曾經的黑色友人。

所有人都不知道的是，這名鬼族曾在耶呂惡鬼王被傾滅之後來找過他，如入無人之境，遊走在三王子告訴過他們的密道，竟然讓他避開精靈們，直接來到自己面前，大剌剌地開口。

「把亞那交給我。」

那名鬼族帶著刺眼又令人厭惡的笑容，非常理所當然。

「只有靠我們，他才能活下去。」

無恥且無賴。

當時陰影帶走了二王子，他連守護弟弟的時間都沒有。

後來竟然又有鬼族厚顏跟他討要已經離開冰牙族的三王子，即使修養再如何好，依然阻止不了泰那羅恩直接把對方揍了一頓的衝動。

而且打完心情也沒比較好，狡猾的鬼族就這樣跑了，再也沒出現他面前過，直到亞那的孩子回歸這次。

鬼族想要做什麼，他不明白，一想到至今連亞那的孩子都要繼續被糾纏，便令人十分憤怒，憤怒得應該要託付老師書信，讓獄界令人恐懼的鬼王再把他揍一頓算了。

搖搖頭，泰那羅恩離開書庫，在走廊上撞見了走來走去的黑色種族，夜妖精似乎真的很想問出自己守護的主人去了什麼地方。

大王子瞥了夜妖精一眼，夜妖精再度昏迷過去，附近的精靈連忙將訪客拖走。

他們現在，應該與那亞相談甚歡吧。

不管如何，亞那的孩子也在黑王的庇護之下短居了一些時光，想必有許多事情想說。

那是他再也無法觸碰到的存在。

或許這執著終有一天也會引領他踏上黑色的道路，只爲見到記憶中的面孔一眼。

然而在那之前，他會繼續白色種族所揹負的世界責任。

就算是無法微笑，被喻爲最冰冷的精靈，也都無所謂。

因爲他已經沒有笑的理由了。

〈不笑〉完

用戶冰炎已經到達。
用戶殊那律恩已經到達。
用戶藥師寺夏碎到達。
抱歉，來晚了。
歡迎進入褚冥漾聊天室
精神連務中……
這樣吧……
大家隨便吧。
你們考慮過聊天室的感受嗎！


by 紅麟

國家圖書館出版品預行編目資料

特殊傳說II.恆遠之晝篇／護玄 著.
——二版.——台北市：蓋亞文化，2025.08
冊；公分.

ISBN 978-626-384-218-2（第六冊：平裝）

863.57 114008979

悅讀館 RE425

特殊傳說II 恆遠之晝篇 06

作　　者　護玄
插　　畫　紅麟
封面設計　莊謹銘
主　　編　黃致雲
總 編 輯　沈育如
發 行 人　陳常智
出 版 社　蓋亞文化有限公司
地址：台北市103承德路二段75巷35號1樓
電話：02-2558-5438　傳眞：02-2558-5439
電子信箱：gaea@gaeabooks.com.tw
投稿信箱：editor@gaeabooks.com.tw
郵撥帳號 19769541　戶名：蓋亞文化有限公司
法律顧問　宇達經貿法律事務所
總 經 銷　聯合發行股份有限公司
地址：新北市新店區寶橋路二三五巷六弄六號二樓
電話：02-2917-8022　傳眞：02-2915-6275
港澳地區　一代匯集
地址：九龍旺角塘尾道64號龍駒企業大廈10樓B&D室
電話：+852-2783-8102　傳眞：+852-2396-0050
二版一刷　2025年08月
定　　價　新台幣 280 元
Published and printed in Taiwan

ISBN 978-626-384-218-2

RE425
GAEA

# 特殊傳說Ⅱ 恆遠之書篇 06

## 蓋亞文化 讀者迴響

感謝您在茫茫書海中選擇了蓋亞，您的支持是我們最大的動力。
不要缺席喔，讓我們一起乘著夢想的羽翼，穿越時空遨遊天地！

| | |
|---|---|
| 姓名： | 性別：□男□女　出生日期：　年　月　日 |
| 聯絡電話： | 手機： |
| 學歷：□小學□國中□高中□大學□研究所 | 職業： |
| E-mail： | （請正確填寫） |
| 通訊地址：□□□ | |
| 本書購自：　縣市　書店 | |
| 何處得知本書消息：□逛書店□親友推薦□DM廣告□網路□雜誌報導 | |
| 是否購買過蓋亞其他書籍：□是，書名： | □否，首次購買 |
| 購買本書的動機是：□封面很吸引人□書名取得很讚□喜歡作者□價格便宜□其他 | |
| 是否參加過蓋亞所舉辦的活動：□有，參加過　場　□無，因為 | |
| 喜歡出版社製作什麼樣的贈品：□書卡□文具用品□衣服□作者簽名□海報□無所謂□其他： | |
| 您對本書的意見：◎內容／□滿意□尚可□待改進　◎編輯／□滿意□尚可□待改進　◎封面設計／□滿意□尚可□待改進　◎定價／□滿意□尚可□待改進 | |
| 推薦好友，讓他們一起分享出版訊息，享有購書優惠　1.姓名：　e-mail：　2.姓名：　e-mail： | |
| 其他建議： | |

◎請沿虛線剪開、對摺、裝訂後寄出

◎請沿虛線剪開、對摺、裝訂後寄出

| 廣告回信 郵資免付 |
| --- |
| 台北郵局登記證 |
| 台北廣字第00675號 |

GAEA

TO：蓋亞文化有限公司　收

103 台北市承德路二段75巷35號1樓

GAEA

Gaea

GAEA

GAEA